El momento de la
sensación verdadera

Peter Handke

El momento de la sensación verdadera

Traducción del alemán de Genoveva Dieterich

ALFAGUARA

El momento de la sensación verdadera

Título original: *Die Stunde der wahren Empfindung*

Primera edición España: noviembre de 2006
Primera edición en México: diciembre de 2019

D. R. © 1975, Suhrkamp Verlag, Frankfurt Am Main

D. R. © 2006, Penguin Random House Grupo Editorial, S. A. U.
Travessera de Gràcia, 47-49, 08021, Barcelona

D. R. © 2019, derechos de edición mundiales en lengua castellana:
Penguin Random House Grupo Editorial, S. A. de C. V.
Blvd. Miguel de Cervantes Saavedra núm. 301, 1er piso,
colonia Granada, alcaldía Miguel Hidalgo, C. P. 11520,
Ciudad de México

www.megustaleer.mx

D. R. © 2006, Genoveva Dieterich, por la traducción

D. R. © diseño: Penguin Random House Grupo Editorial, inspirado en un diseño original de Enric Satué

ISBN: 978-607-318-964-4

Impreso en México – *Printed in Mexico*

El papel utilizado para la impresión de este libro ha sido fabricado a partir de madera
procedente de bosques y plantaciones gestionadas con los más altos estándares ambientales,
garantizando una explotación de los recursos sostenible con el medio ambiente y beneficiosa para las personas.

Penguin
Random House
Grupo Editorial

*¿La violencia y el sinsentido
no son, al fin y al cabo, una
y la misma cosa?*

M. HORKHEIMER

¿Quién ha soñado alguna vez que se ha convertido en un asesino y que vive su vida acostumbrada solo formalmente? Entonces, en el tiempo que aún perdura, Gregor Keuschnig vivía en París desde hacía unos meses como agregado de prensa de la embajada austríaca. Ocupaba con su mujer y su hija de cuatro años, Agnes, un apartamento en el distrito XVI. La casa, una casa burguesa francesa de los años 1900, con un balcón de piedra en el segundo piso y otro de hierro forjado en el quinto, se alzaba junto a otros edificios parecidos en un bulevar tranquilo, que descendía hacia la Porte d'Auteuil, una de las salidas al oeste de la ciudad. Durante el día, cada cinco minutos más o menos, los vasos y los platos del aparador del comedor tintineaban cuando pasaba por la hondonada junto al bulevar el tren que llevaba a los viajeros de cercanías a la estación de St-Lazare, en el centro de la ciudad, donde podían cambiar, por ejemplo, a los trenes con dirección noroeste, hacia el océano Atlántico, hacia Deauville o Le Havre. (Algunos de los habitantes ya mayores de este barrio, en el que hace cien años crecían los viñedos, viajaban así, en los fines de semana, con sus perros a la costa.) Por la noche, sin embargo, cuando después de las nueve dejaban de circular los trenes, el bulevar estaba tan silencioso que, en el ligero viento que a menudo corría, se oía el murmullo de las hojas de los plátanos delante de las ventanas. En una de esas noches, a finales de julio, Gregor Keuschnig tuvo un largo sueño, que comenzó con que había matado a alguien.

De golpe, ya no formaba parte del conjunto. Intentaba cambiar, como lo intenta el que busca un nuevo empleo en los anuncios; pero para no ser descubierto tenía que vivir como hasta entonces y, sobre todo, seguir siendo él mismo. De este modo ya había simulación cuando se sentaba como siempre a comer con otros; y si de pronto hablaba tanto de sí mismo, de su vida «anterior», solo lo hacía para distraer la atención de su persona. Qué deshonra para mis padres, pensaba, mientras la víctima, una mujer anciana, yacía en una caja de madera someramente enterrada; ¡un asesino en la familia! Pero lo que más le angustiaba era que, habiéndose convertido en otro, tenía que hacer como si perteneciera al mundo normal. El sueño terminó con que un transeúnte abría la caja de madera, que entretanto se hallaba conspicuamente delante de su casa.

Keuschnig solía acostarse en un lugar apartado y dormir cuando había algo que no soportaba. Esa noche sucedió al revés: el sueño era tan insoportable que se despertó. Pero estar despierto era tan imposible como dormir – aunque más ridículo, más aburrido: como si ya hubiera empezado un castigo interminable. Había sucedido algo que no podía ya remediar. Cruzó las manos detrás de la cabeza, pero esta costumbre no reconstruyó nada. Calma absoluta delante de la ventana de su dormitorio; cuando al cabo de un rato se movió una rama del árbol de hoja perenne del patio, Keuschnig tuvo la sensación de que no la movía un golpe de viento, sino la tensión acumulada en la misma rama. Pensó que sobre su piso, que estaba al nivel de la calle, se levantaban otros seis pisos, uno sobre otro, repletos de muebles pesados, seguramente armarios barnizados de oscuro. No retiró las manos de debajo de su nuca, solo infló los carrillos como para protegerse. Intentó imaginar lo que sucedería ahora. Se enroscó e intentó dormir. Pero a diferencia de otras veces, dormir no era ya una posibilidad. Se levantó insensible cuando, hacia las seis, con el primer tren, tintineó por fin el vaso de agua sobre la mesita de noche.

El piso de Keuschnig era grande y laberíntico. Sus habitantes podían moverse en él por caminos diferentes y de pronto encontrarse. El pasillo, muy largo, parecía terminar delante de una pared – pero continuaba, después de doblar una esquina (de modo que uno se preguntaba si seguía en el mismo piso), hasta la habitación de atrás, donde su mujer a veces estudiaba francés para sus clases en un centro audiovisual y donde se quedaba a dormir cuando, como ella decía, le resultaba por cansancio demasiado siniestro hacer el camino por el pasillo doblando esquinas. El piso era tan intrincado que a menudo había que llamar a la niña, aun a sabiendas de que no podía perderse: «¿Dónde estás?». A la habitación de la niña se entraba por tres sitios: por el pasillo, por el cuarto de atrás, que su mujer llamaba «su cuarto de trabajo», y por el «dormitorio de los padres», como decían únicamente las visitas. En la parte delantera se encontraban el comedor y la cocina, con la «entrada de servicio» – ellos no tenían servicio – y un aseo de servicio (curiosamente con el pestillo en la parte exterior de la puerta), y, ya en la parte que daba a la calle, los salones que su mujer llamaba el living, mientras que en el contrato de alquiler uno de los salones figuraba como «biblioteca», porque tenía un nicho en la pared. La pequeña antesala, que conducía directamente a la calle, se titulaba en el contrato «antichambre». El piso costaba tres mil francos al mes; una francesa ya de edad, cuyo marido había tenido propiedades en Indochina, vivía de esa renta. El Ministerio de Asuntos Exteriores austríaco pagaba dos tercios del alquiler.

Keuschnig contemplaba a su mujer dormida por la puerta entreabierta del cuarto de atrás. Deseaba que al despertar le preguntara inmediatamente qué estaba pensando. Él contestaría: «Pienso cómo podría borrarte de mi vida». De pronto deseó no volver a saber nada de ella. Que se la llevaran. Ella tenía los ojos cerrados; los párpados arrugados empezaron a tensarse. Eso significaba que se estaba despertando. Su tripa hizo unos ruidos; griterío de dos gorriones en la ventana, la respuesta de siempre en un tono más alto. En el ruido ciudadano, que durante toda la noche había sido solo un rumor, se distinguían ya los sonidos: había tanto tráfico que se oían frenos, bocinas. Su mujer todavía llevaba puestos los auriculares, mientras en el gramófono daba vueltas el disco del curso acelerado de idiomas. Keuschnig apagó el aparato y ella abrió los ojos. Con los ojos abiertos parecía más joven. Se llamaba Stefanie, y ayer aún le había emocionado, al menos de vez en cuando. ¿Por qué no se daba ella cuenta de nada? «Ya estás vestido», dijo quitándose los auriculares. En ese momento todo, todo. ¿Dónde empezar? Alguna otra vez Keuschnig había apretado el pulgar contra el cartílago de la garganta de su mujer, pero no como una amenaza, sino como un contacto entre otros muchos. Cuando esté muerta, volveré a sentir algo por ella, pensó. Se había quedado quieto y derecho, volvió la cabeza de perfil como en la foto de un álbum de criminales y dijo, como si repitiera cosas dichas muchas veces: «No significas nada para mí. No quiero seguir imaginando que envejeceré contigo. No tienes nada que ver conmigo». «Rima», dijo ella.

13

Sí, se dio cuenta demasiado tarde de que las dos últimas frases rimaban – y así no podían tomarse en serio. Ella ya preguntaba con los ojos cerrados: «¿Qué tiempo hace hoy?». Él respondió, sin asomarse al exterior: «Nubes muy altas». Ella sonrió y volvió a dormirse. Me voy con las manos vacías, pensó Keuschnig. ¡Insólito! Todo lo que hacía aquella mañana le parecía insólito.

En la habitación de la niña tuvo la sensación de despedirse de algo, no de la niña, sino de la manera de vivir que hasta ahora le había correspondido vivir. Ya no existía ninguna manera de vivir para él. Estaba de pie entre los juguetes esparcidos por la habitación, y en su perplejidad se le dobló de pronto una rodilla. Se agachó. Tengo que entretenerme con algo, pensó agotado del corto tiempo sin fantasía, y empezó a poner en los zapatos los cordones que la niña había sacado la noche anterior antes de irse a dormir. El pelo escondía la cara de Agnes dormida, así que no pudo verla. Le puso la mano en la espalda para sentir cómo respiraba. Dormía tan tranquila y olía tan cálidamente que se acordó de antes, cuando a veces las cosas parecían como reunidas bajo una amplia cúpula y parecían corresponderse entre sí, cuando a veces había llamado a su mujer, sin darse cuenta, «Agnes», y a Agnes, sin darse cuenta, «Stefanie». Todo eso quedaba ya lejos, ni siquiera lo recordaba. Cuando Keuschnig se incorporó tuvo la sensación de que su cerebro se enfriaba poco a poco. Estiró la piel de la frente y apretó los párpados con fuerza, como si así pudiera calentar su cerebro entumecido. Desde hoy llevaré una vida doble, pensó. No, ninguna vida: ni la acostumbrada ni otra nueva; porque la acostumbrada solo la simularé y la nueva se agotará en la simulación de la acostumbrada. Ya no me siento cómodo aquí, pero ni siquiera imagino que podría estar cómodo en otro sitio; no puedo imaginarme vivir como hasta ahora, pero tampoco vivir como otro ha vivido o vive. No me resulta desagradable, sino inimaginable, vivir como un monje budista, como un pionero, como un filántropo, como un desesperado. No existe ningún «como» para mí, excepto que tengo que seguir viviendo «como yo» – esta idea le cortó la respiración. De pronto sintió como si estallara su piel y un amasijo de carne y nervios cayera mojado y pesado sobre la alfombra. Como si con esa simple idea hubiera ensuciado la habitación de la niña, se apresuró a salir de ella.

¡No mirar ni a la izquierda ni a la derecha!, pensó mientras iba andando por el pasillo. «¡La vista al frente!», dijo en voz alta. Miró hacia el sofá rojo que había en uno de los cuartos de estar; sobre él había un libro infantil abierto: un desorden escandaloso. Nada le resultaba extraño, todo desagradable. Cerró el libro y lo colocó encima de la mesa, de modo que estuviera paralelo al borde de esta. Luego recogió un hilo de la alfombra y lo llevó por todo el pasillo hasta la cocina y la basura. Mientras lo hacía, se esforzaba, presa del pánico, en pensar en frases enteras.

Con cara estúpida, salió de la casa oscura a la calle. ¡Qué implacable claridad reinaba fuera! En el fondo, pensó, es como si estuviera desnudo; inmediatamente miró para cerciorarse de que llevaba bien subida la cremallera del pantalón y la tocó sigilosamente. No podía permitir que se le notara nada. ¿Se había limpiado los dientes? Al otro lado del bulevar el agua corría reluciente al borde de la acera hacia la Porte d'Auteuil, y por unos momentos le quitó la estupidez de la cara. Los adoquines bajo el agua estaban descoloridos. De pronto, Keuschnig vio, mientras seguía andando, una cañada que había cerca de su pueblo natal, con raíces de arándanos finas, negras y húmedas en las laderas; de pequeño solía escarbar allí en busca de arcilla para canicas o proyectiles. Afortunadamente se me escapó esa rima al hablar con Stefanie, pensó; si no ya me habría traicionado a mí mismo. Keuschnig tiró de los puños de su camisa y por primera vez en ese día sintió un poco de curiosidad. Siempre había sido un hombre muy curioso, claro que sin inmiscuirse en las cosas. ¿Qué le sucedería? Normalmente cogía el metro en Porte d'Auteuil, cambiaba en Motte Picquet-Grenelle y continuaba hasta Latour Maubourg, cerca de la Place des

Invalides, donde se hallaba el palacete de tres pisos de la embajada austríaca en la Rue Fabert, en el distrito VII. Pero hoy andaría un trecho. Se permitiría esa pequeña irregularidad – quizá surgiera alguna posibilidad. Cruzaría el Sena por el Pont Mirabeau y andaría por los *quais* hasta la Place des Invalides. Quizá en el camino surgiera un sistema para resolver el dilema que llevaba en la cabeza. Sí, un sistema, pensó, mirándose al pasar en el espejo de una panadería de la Rue d'Auteuil. No había nada desordenado en su persona. Se estiró brevemente con curiosidad.

En la Rue Mirabeau, Keuschnig, que por su profesión de encargado de prensa descubría a primera vista las palabras *Autriche* y *autrichien* en cualquier periódico, como si se tratara de su propio nombre, divisó por el rabillo del ojo una placa en un edificio en la que aparecía el término *autrichien*. Se trataba de una placa conmemorativa para un partisano de origen austríaco que había luchado en un grupo de resistencia francés contra los nazis y había sido fusilado hacía treinta años por los alemanes en este lugar. El día de la fiesta nacional, el 14 de julio, la placa había sido limpiada y alguien había colocado debajo, en la acera, una lata con una rama de abeto. «El muy cerdo», pensó Keuschnig, y dio un puntapié a la lata, aunque la paró cuando siguió rodando. Cruzó la Avenue de Versailles y vio en la valla de una construcción un cartel que invitaba a un mitin: «Isabel Allende se dirige a nosotros...». «¡A nosotros!», pensó. Se volvió y escupió. ¡Gentuza! Al pasar delante de un quiosco de periódicos, en el que no había otro periódico de la mañana que la edición de las cinco del *Figaro,* leyó que las tropas turcas invasoras en Chipre habían entrado en Nicosia, la capital; se avecinaba la guerra. Qué lata, pensó Keuschnig. ¡Es una injerencia en mi vida! En el puente le vino al encuentro una pareja que iba del brazo. Le tranquilizó que la mujer mordisqueara un pan blanco largo, como si la guerra no pudiera existir. Pero ¿por qué el hombre era tan alto? ¡Qué asco ser tan alto! Y la idea de que un tipo así inyectara su ridículo semen en el vientre miserable de una mujer tan aburrida. Se quedó parado en medio del puente y se asomó al Sena. «Sous le Pont Mirabeau coule la Seine et nos amours.» Un cartel hacía publicidad para unos pisos en la otra orilla con la frase «Desde el Pont Mirabeau, París es un poema». La poesía incompetente. El río era marrón, como de costumbre, y, como de costumbre, corría hacia las colinas del oeste, donde la luz matinal aproximaba el barrio periférico de Meudon. Para Keuschnig todo estaba igual de lejos y era igualmente indiferente: la cantera de arena en la orilla izquierda, las colinas de Meudon y St-Cloud, las puntas de sus zapatos. Como si sus miradas, antes de captar las cosas, fueran neutralizadas por un velo invisible; nada era alcanzable – también sentía desgana de alcanzar cualquier cosa. No vislumbraba nada agradable, miraba como si le hubieran apaleado, pensando: lo mejor será bajar al metro, donde no llama la atención que vayas mirando fijamente. Tomó el tren en la estación de Javel, y poco después de las siete entró, sin novedad, aunque ya de mal humor ante la negra perspectiva que se le presentaba, en la embajada austríaca.

Keuschnig ocupaba en el edificio de la embajada un despacho del segundo piso con un castaño delante de la ventana. Su actividad principal consistía en leer periódicos y revistas francesas, marcar artículos o simples noticias que afectaban a Austria, luego presentar al embajador un resumen, a diario si era posible, y escribir dos veces al mes un informe sobre la imagen de Austria en los *mass media* franceses para el Ministerio de Asuntos Exteriores en Viena. Para esto debía atenerse a las nuevas líneas de orientación que fijaban una imagen del país, por la que había que medir las imágenes de Austria en la prensa francesa. Según esta imagen guía, Austria no solo era el país de los caballos lipizanos y de los esquiadores. Keuschnig estaba obligado a escribir cartas de rectificación a los periódicos y a la televisión cuando en ellos aparecía la tradicional imagen de Austria. Sobre su escritorio había fijado una carta modelo para estos casos. El pasado año, por ejemplo, el *Financial Times* había concedido a Austria el «Oscar económico» por ser, según estadísticas, el país industrial mejor situado. Las cartas de rectificación de Keuschnig recibían generalmente poca atención; todavía menos eco hallaban sus informes al Ministerio de Asuntos Exteriores. De vez en vez tomaba parte en almuerzos de trabajo con periodistas y políticos franceses, que debía liquidar por adelantado. A veces invitaba a periodistas a su casa y luego contabilizaba los gastos, ya que como formaban parte de sus obligaciones le eran restituidos. «Sesiones sentadas» eran invitaciones a comer; en las «sesiones de pie» solo se bebía, aunque podía haber un bufet frío. Más o menos, este era su trabajo, y hasta ahora lo había llevado a cabo con tanta seriedad que nadie hubiera podido tomarlo a broma. Keuschnig no poseía una imagen de su propio país, y le parecía perfecto que existieran las líneas de orientación. Únicamente cuando recibía cartas de niños, preguntando cosas sobre Austria, no sabía qué contestar. En general, las preguntas de esas cartas estaban dictadas por los adultos.

Aquella mañana, una furgoneta trajo, por fin, las películas mudas austríacas que Keuschnig había prestado hacía unos meses a la Cinemateca para una serie de proyecciones en el Palais de Chaillot; había tenido que insistir varias veces en su devolución. Ahora, en el patio del edificio de la embajada, Keuschnig controlaba, sin hacer caso de la impaciencia del chófer, cada rollo de película con ayuda de la lista de entrega. Nadie parecía notar nada raro en él. La casa estaba aún casi vacía; como siempre, él, por lo de los periódicos, era uno de los primeros. En su despacho abrió el paquete, que el portero le había dejado delante de la puerta, y quitó el papel con la inscripción *Ambassade d'Autriche* en rojo. Se le ocurrió que entre las tropas de las Naciones Unidas en Chipre había soldados austríacos y echó un vistazo a los periódicos. ¿Habría ya algún muerto? Con un rotulador en la mano empezó a leer seriamente. Cada media hora se levantaba y arrancaba del télex, que tecleaba sin cesar, la tira con las noticias de las agencias francesas de prensa. Tenía también encendido el receptor de onda corta. Al poco tiempo llegó la noticia del alto el fuego provisional en Chipre; ahora se sintió a gusto, a solas consigo mismo. Los dedos, como siempre, estaban negros de tanto periódico. No cambió ni una vez de posición durante su lectura, no se pasó la mano por la cara, aunque le picara; leía y subrayaba las «frases clave» sin levantar los ojos y sin titubear. ¿Dónde estaban los «datos publicitables» que exigían las líneas de orientación? En la feria agrícola de Compiègne se había exhibido una máquina para la repoblación forestal fabricada en Austria. En una exposición de microscopios de Lyon se presentaba un aparato austríaco para la investigación. *Le Monde* alababa la protección del medio ambiente en Tirol. *L'Aurore* volvía a insistir en el tema del antisemitismo en Austria, a pesar de que Keuschnig había enviado al periódico, según las líneas de orientación, varias cartas de rectificación. A cambio, una revista dedicada a los consumidores destacaba una atadura austríaca para esquís. *Le Parisien Liberé,* sin embargo, definía a Bruckner como compositor alemán en vez de austríaco. Hacia las nueve, Keuschnig se lavó las manos concienzudamente y fue a ver al embajador, que aquel día había llegado un poco más pronto. El embajador le preguntó qué pensaba de los combates en Chipre, pero él mismo contestó por Keuschnig y de manera casi protectora. Keuschnig no decía más que «es muy posible» y «no habría que descartarlo» de vez en vez. Incluso el embajador, que como él mismo solía decir, debía tener, como funcionario superior que era, un conocimiento agudizado de los seres humanos, no parecía percatarse de nada raro en la persona de Keuschnig. (¿Acaso, si no, le enumeraría la lista de platos que habían ofrecido durante la cena de la noche anterior en la casa de un conde francés?) Keuschnig se sintió aliviado, pero también – cosa extraña – decepcionado.

Tomó su té habitual en un café del Boulevard de La Tour Maubourg. Mientras miraba la calle se le ocurrió que no podía decir nada a nadie. A menudo oía decir: «Si yo pudiera decidir...», y ahora pensó: si yo pudiera decidir algo, borraría todo. En la acera, en un cubo de basura, había arriba del todo posos de café, entre los que asomaba el papel de filtrar. Keuschnig recordó un prado abonado con estiércol humano: entre la hierba joven, el papel higiénico. Fue al lavabo y orinó sin alegría agujero abajo. El olor a orina le animó. Pensó en mañana, en pasado mañana, y se limpió los dedos asqueado; abrió violentamente la boca, pero al mismo tiempo miró a su alrededor, no fuera que le estuvieran observando.

En el camino de vuelta a la embajada, Keuschnig tuvo de repente ganas de rechinar los dientes. Se había levantado de la silla protectora del café sin ninguna perspectiva de futuro. Apretó los labios y saludó así a un colega que venía de frente. Al verle, pensó en manguitos, aunque hacía mucho tiempo que no veía a nadie con ellos. ¿Por qué el otro no hacía caso omiso de él? ¿Por qué tenía que venir de *frente*? Grumos amarillentos sobre una leche cocida hacía días. Aún estaba vivo, andaba libre por ahí; pero pronto todo habría terminado. ¡Hubiera pegado a todos y a cada uno! Todo, incluso el bienestar que proporcionaba el primer trago de té, le estaba destinado a uno de manera muy relativa. Mi línea de vida está interrumpida, pensó Keuschnig, como queriendo animarse un poco. En la entrada de un portal había un coche de niños cubierto con un plástico, una imagen del terror y del pánico, que vislumbrada rápidamente al pasar, completaba lo que no había terminado de soñar por la noche. Se obligó a volver sobre sus pasos y a mirar el coche de niño en todos sus detalles.

Vio delante dos negros que caminaban con las manos hundidas en los bolsillos, de modo que en ambos las aberturas de las chaquetas se abrían y dejaban ver los traseros protuberantes – ¡en los dos las mismas aberturas y los mismos traseros! Una mujer calzaba dos zapatos diferentes: el tacón de uno de ellos era mucho más alto. Otra llevaba en brazos un cocker spaniel y lloraba. Keuschnig se sintió como el prisionero de Disneylandia.

En la acera leyó escrito con tiza: «Oh la belle vie!», y debajo: «Yo soy como tú»; al lado, muy pequeño, un número de teléfono. El que escribió lo de la «bella vida» se tuvo que agachar, pensó, y anotó el número.

En su despacho leyó los periódicos que acababan de llegar. Le llamó la atención cómo se repetía en los titulares de una página la frase «cada vez más»: «Cada vez más bebés sobrealimentados»; «Cada vez más suicidios infantiles». Al leer *Time* observó en muchas páginas la frase «I dig my life». «I dig my life», decía un jugador de baloncesto. «We are a happy family», decía un veterano. «I am very glad», decía una cantante *country*. «Now I dig my life», decía un hombre que utilizaba unos nuevos polvos adhesivos para su dentadura. Keuschnig tuvo ganas de dar gritos por la casa. Miró en silencio al techo, cautelosamente, como si ya eso pudiera traicionarle.

Tenía delante el número de teléfono aquel de la acera, pero primero marcó otros muchos números. Durante las próximas horas quería estar lo menos solo posible; por tanto, empezó a buscar amigos con los que citarse ininterrumpidamente. Por temor a equivocarse al telefonear o a olvidar lo que iba a decir, apuntó antes de cada conversación lo que pensaba decir. Por fin, su agenda registraba una cita para cada tarde hasta final de mes. Me dedicaré por completo a mi trabajo, pensó. Entonces marcó el número de teléfono de la acera. Contestó una mujer. Dijo que no recordaba haber escrito nada en la acera, debía de estar muy borracha ese día. Keuschnig, que en el fondo solo había querido burlarse de ella, dijo: «No estaba usted borracha. Mañana estaré a las nueve de la noche en el Café de la Paix. ¿Vendrá usted?». «Quizá», dijo la mujer, y luego: «Sí, iré. Pero no nos pongamos de acuerdo sobre una señal, quisiera que nos reconociéramos sin más. Estaré allí».

A mediodía Keuschnig fue por la Rue St-Dominique hasta la parada del autobús 68 para, como de costumbre, ir a visitar a una amiga en Montmartre. Durante un rato siguió a una

25

chica en cuyo pantalón ponía «Chicago City». Quería ver su cara. Pronto se percató de que había olvidado a la chica. En el autobús se alegró con furia durante un instante al descubrir que estaba solo. Le recorrió un escalofrío, que despertó un sentimiento de poder, dirigido contra nadie en particular. En la siguiente parada alzó los ojos: ya tenía varias nucas delante.

Cuando Keuschnig miró por la ventanilla del autobús, le pareció que en el aire pululaban cicatrices de viruela transparentes, que aumentaban cuando cerraba y luego abría los ojos. Al bajar del autobús decidió pararse un momento y contemplar pacientemente, por ejemplo, el cielo. Estuvo parado, insensible. «C'est normal», dijo casualmente alguien que pasaba. Sí, todo era tristemente normal. Recordó un lugar de peregrinación campestre que se llamaba Maria Elend.

Iba comportándose de la manera más inconspicua: por primera vez le compró flores a su amiga. Un observador dejaría de encontrarle llamativo si le veía entrar en la tienda de flores. Era un hombre entre muchos, dedicado a cosas cotidianas, tan despreocupado que compraba flores. Se propuso ser pedante. En el interior fresco de la tienda se sintió tan seguro mientras envolvían los gladiolos que deseó ayudar a la dependienta a hacer el lazo del ramo. El ambiente y el olor a agua de todos aquellos charcos de agua le hacían bien. ¡Con qué bonita parsimonia le colocaban sobre el papel los gladiolos, uno junto al otro! En otro momento hubiera reaccionado inmediatamente a la pregunta de si deseaba que las flores fueran empaquetadas como regalo, contentándose con el envoltorio sencillo. Hoy observó interesado cómo la dependienta pinchaba los alfileres en el papel. Resultaba bonito que durante toda su actividad – desde cortar los tallos y desprender los pétalos secos hasta entregar el ramo – no hiciera ni un movimiento de más. Se sintió como recogido en la tienda. Podía sonreír, aunque los labios le tiraran, y ella sonrió también. Precisamente esta amabilidad exclusivamente formal le pareció un trato muy humano y conmovedor.

Como un transeúnte cualquiera subió por Montmartre con el ramo de flores. Entre los olores que, de mercado en mercado, cambiaban a lo largo de la Rue Lepic, Keuschnig iba volviéndose indefinible: pescado, queso, luego el olor a franela de unos trajes colgados al sol...; inesperadamente, el olor a pan blanco, que salía por la puerta abierta de una panadería, le introdujo en la memoria, no en la suya, sino en otra nueva, ampliada y mejorada, en la que lo plano adquiría volumen ante sus ojos. Aquí nadie parecía indeciso ni parecía sufrir bajo su propio peso: entre estas gentes, a las que nunca conocería, se sintió aceptado. Delante de la puerta del piso de su amiga, se quitó con pedantería los zapatos, riendo malévolamente, ¿contra quién? Cuando oyó los pasos que se acercaban desde el interior, no supo dónde mirar ante la idea de que todo sería como siempre, desvergonzado, y que se sonreirían al reconocerse. Aún no era demasiado tarde, podía subir rápidamente hasta el próximo rellano. Inmóvil, Keuschnig permaneció con los pies juntos, hasta que como de costumbre se abrió la puerta – solo que ahora la sensación de ridículo casi le mataba.

No dejó que se le notara nada. En un primer momento le había desconcertado que Beatrice, en efecto, le reconociera inmediatamente. De pronto tuvo miedo de no reconocerla la próxima vez e intentó grabar en su mente los detalles de su rostro o alguna característica especial. Beatrice trabajaba media jornada como traductora de la Unesco, en el distrito XV. Su marido había caído con la moto bajo un remolque y ahora ella vivía sola con sus dos hijos, que en estos momentos no estaban en casa. Keuschnig la había visto por primera vez en una recepción de la embajada. Ella se había acercado y le había preguntado: «¿Y qué hacemos ahora?». Keuschnig la visitaba a menudo. Le gustaba observarla durante sus tareas domésticas. Ella charlaba mucho y él sentía, al escucharla, un placer sereno y fuerte. «No tengo miedo a hacer algo equivocado delante de ti», decía ella. No se planteaba preguntas sobre su relación. «A lo mejor es un buen presagio que uno no se plantee nada», decía Beatrice. Convertía en presagio todo lo que le sucedía; pero también donde otros veían presagiado algo malo, ella creía descubrir una confirmación de que pronto todo iría a mejor. Le repelía lo desagradable, pero lo interpretaba como una buena señal de otra cosa. Por eso vivía con optimismo, y cuando Keuschnig estaba con ella, pensaba, al menos de vez en cuando, que quedaba muy lejos el momento a partir del cual ya nada tendría importancia.

Pero ahora, sin mediar aviso, todas las perspectivas se habían transformado en signos de muerte para Keuschnig. No quería mirar a ningún sitio; y como a pesar de tener los ojos abiertos no percibía nada a lo que poder agarrarse, le dolía el corazón hasta el paladar, de tanta angustia. Pensó en el coche de niño en el portal, con el plástico encima, con los fragmentos de yeso sobre el plástico, y se apartó irritado cuando Beatrice quiso ayudarle, como siempre, a quitarse la chaqueta. Ahora era él quien tenía miedo a decir algo equivocado, a hacer algo equivocado; era él quien se veía obligado a reflexionar sobre cosas como cortar la carne, abrazarse, incluso respirar. Con miedo a salirse de su papel, Keuschnig celebraba como si fuera un ceremonial lo que debía desarrollarse de manera familiar: sacar-el-corcho-de-la-botella, desdoblar-la-servilleta-sobre-las-rodillas. Con pánico mortal llamó de pronto a su casa. «¿Va todo por su cauce?», preguntó. Dijo «por su cauce», una extraña expresión, para que no se notara tanto su miedo. De nuevo en la mesa, quiso hacer todo él mismo, a pesar de que normalmente le gustaba que Beatrice, por ejemplo, le pelara una manzana después de la comida.

No se dejó desnudar por ella. La estamparía de un puñetazo contra el suelo si se le ocurría tocarle. Colocar-el-pantalón-sobre-el-respaldo-de-la-silla; tumbarse-el-uno-junto-al-otro-en-la-cama; introducir-el-miembro-en-la-vagina. Cuando ella rozó su pene con la uña, Keuschnig tuvo la sensación de que le estaba contagiando una asquerosa enfermedad de la piel. En otros momentos, en cambio, cuando el vientre de ella le tocaba ligeramente, creía estar protegido. Pero con el orgasmo no salió de él algo caliente, sino un escalofrío, que le cubrió rápidamente todo el cuerpo. Deseó verse inmediatamente frente a ella, lavado y vestido. Cuando ella le miró, Keuschnig le pasó el pulgar sobre los párpados, como acariciándola, para que cerrara los ojos y no le viera. Ella los volvió a abrir enseguida. Esos ojos abiertos le parecieron a Keuschnig como una risa y violentamente se los cerró. Beatrice apartó su cabeza bajo la mano de Keuschnig y le siguió mirando, no inquieta, sino más bien divertida. Entonces él cerró los ojos. Permaneció así hasta que se creyó

30

seguro. Le pareció insoportable no ver nada. Al abrir los ojos, estos estallaron obscenamente. Habían estado como pegados y había tenido que hacer fuerza para abrirlos, primero uno, luego el otro. Beatrice seguía mirándole, o mejor dicho, le observaba como si le pasara algo. Aunque tenía los labios cerrados, en un lado se le separaban ligeramente, y algo como un colmillo brillaba entre ellos. Keuschnig pensó en un cerdo muerto, pero solo para no sentirse inferior a ella. Cuanto más se miraban, más crecía la preocupación de ella y más la distracción de él. De pura distracción hizo una mueca – no, la cara se le deformó en una mueca, sin que él hiciera ni un gesto. Simuló un bostezo, para cerrar los ojos al menos un instante. Luego cogió a Beatrice por el pelo y empujó su cabeza a lo largo de su vientre hasta que ella tomó en la boca su miembro, empujándolo con la lengua, como si le estuviera sacando la lengua a él. Sintió calor y tuvo la sensación de que Beatrice y él estaban vagamente unidos y que si ahora él empezaba a hablar, entendería todas las cosas de ella.

En la cocina tomaron café y luego él la observó mientras ella sacaba la crema de caramelo de la nevera, para que no estuviera tan fría cuando volvieran los niños a casa. Efectivamente, ella se sentó, como él lo había deseado, enfrente de él, fuera de su alcance, y empezó a sacar punta cuidadosamente a unos lapiceros:

lápices negros para el niño mayor, lápices de colores para el que iba aún a la «école maternelle». Mirándola, consiguió poco a poco ensimismarse en lo que veía. Oyó cómo, bajo la ventana abierta, el agua corría por la alcantarilla de la calle silenciosa. El agua chapoteaba contra las piedras salientes y, cuanta más atención prestaba, más se ampliaba el paisaje circundante y el agua que corría se transformaba en aquel arroyo cuyas aguas chapoteantes narraban un hecho casi olvidado. Los lápices que Beatrice hacía girar sin parar en el sacapuntas chirriaban – y de pronto Keuschnig no recordó su propio nombre. Mientras en la mesa de cocina hubiera tantas cosas por hacer, estaba fuera de peligro. Mesa de cocina: unas palabras que ahora significaban algo, una cosa segura. Podía levantarse de la mesa e irse, y volver siempre a donde había baldosines rojos y estaba Beatrice, que hacía girar el sacapuntas al revés, como si en su cabeza una simple idea se transformara de repente en un deseo concreto, un pensamiento impersonal en una contradicción personal o un recuerdo totalmente superado en un sentimiento actual: el piso a su alrededor le pareció estar a ras del suelo, luminoso y aireado, como si estuviera por las alturas. Extasiado, Keuschnig cerró los ojos, para no llorar, pero también para disfrutar mejor de las lágrimas.

Vio todo como por última vez. Miraba a Beatrice y la estaba perdiendo. Él ya no le pertenecía a ella, solo podía simular; tenía que simular. Algo crujió en su interior, luego todo se desmoronó desordenadamente. Una fractura complicada del alma, pensó. Algunas astillas de sentimiento habían traspasado la capa protectora y él se había petrificado para siempre. Cuando se habla del cuerpo no puede hablarse de un dolor feo, ¿no? El cuerpo tiene *heridas feas,* y el alma *dolores feos.* Las heridas físicas a veces eran bonitas, tanto que daba pena que cicatrizasen – mientras que el alma tenía solo el dolor feo. «Creo que he comido demasiado», le dijo Keuschnig a Beatrice, que le miraba de vez en cuando, interesada, pero inconmovible. Delante de la ventana pasó una semilla de flor, en forma de bola. ¡Piedad! Keuschnig tuvo una sensación como si la mierda en su interior se hubiera atravesado. En un instante soltaría vientos ruidosos por la habitación.

Beatrice apartó un momento los ojos de él, pero enseguida le volvió a mirar. Para ayudarme, pensó furioso y a punto de pegarle en la cara; su antebrazo apoyado en la mesa ya estaba tensado. Lo retiró disimuladamente y ella sopló para sacar el polvo de madera del sacapuntas. ¡Nada de tratamientos especiales! En secreto comprobó si la posición de sus piernas debajo de la mesa era la de costumbre. Una pierna estirada, la otra doblada – en efecto. En este momento Keuschnig temía que alguien fuera comprensivo o que incluso le comprendiera realmente. Si alguna persona le dijera con aire de saberlo todo: «Hay días así; yo también los conozco», le daría asco; pero si le comprendieran en silencio, sería también una vergüenza para él. Beatrice había apartado la mirada como si no deseara calarle a fondo. ¿Quizá no sentía ninguna gana de calarle? Sí, no tenía ninguna gana. Y eso significaba, afortunadamente, que no le tomaba muy en serio. Levantándose, la acarició risueño y se inclinó hacia ella por encima de la mesa; ella alzó los hombros hasta las orejas sin comprender su gesto, pero de acuerdo porque se trataba de él. No volverá a ser como antes, pensó Keuschnig – tampoco lo deseaba. ¡Nunca había sido así! Qué asmática le pareció su vida, qué... No podía ni pensarlo. Por segunda vez le asaltó la curiosidad. «Se te han empequeñecido de pronto los ojos», dijo Beatrice. «¿Piensas en alguna aventura?» «¿Y tú?» «Siempre», contestó ella. «En el momento de mayor éxtasis pienso que todavía me falta encontrar lo entrañable.»

Abandonaron juntos el piso. Ella cogió el ascensor; él bajó las escaleras; en la calle se encontraron de nuevo y se separaron, Beatrice con una cara seria, pero no preocupada, sin palabras, como si todo estuviera resuelto. Bueno, hasta mañana. ¿Y hoy? Keuschnig volvería a su trabajo, a las seis asistiría a una conferencia de prensa en el Palais de l'Elysée sobre el nuevo programa de gobierno; a las nueve cenaría en su casa con un escritor austríaco que pasaba una temporada en París (una de las «sesiones sentadas» previstas en su presupuesto); y luego estaría lo suficientemente cansado como para dormir sin sueños. Un programa completo, pensó agradecido; ni un momento libre, todo planificado, hasta el movimiento de apagar a medianoche la lámpara de la mesita de noche. Al menos hoy estaba previsto cada minuto; no había ningún momento superfluo ni peligroso; ¡las delicias de una agenda repleta! – Verdaderamente, este pensamiento le hizo sentirse deliciosamente mimado. Despreocupado, podía, pues, levantar los ojos y el mundo se extendía ante él, como si hasta ahora solo le hubiera esperado a él.

El aire estaba tan transparente que desde la colina se podía ver por todos los lados más allá de la periferia de París, donde el paisaje ya empezaba a ponerse verde. Era una imagen total que no permitía pensar en ningún desorden; cualquier detalle, hasta el más rebelde, aparecía subordinado a la impresión total. Era perfecto, pues Keuschnig no deseaba que se le recordara nada. En esta contemplación de un conjunto, que tampoco después de la primera mirada ofrecía nada extraordinario, podía expulsar todo el aire, hasta que no quedara nada molesto de él. De repente vio a su lado un turista con guerrera, de cuyo bolsillo asomaba un cepillo de dientes. Antes de ver realmente ese cepillo, recordó con una sacudida, como si estuviera desdoblándose, que en el sueño de la pasada noche había surgido un cepillo de dientes parecido; y tenía que ver con él, en su calidad de asesino huyendo. El caso es que aquí arriba, hasta ahora, había conseguido ver el sueño, como suele decirse, como tal, es decir, como sueño. Y ahora ¿qué? Qué tontería imaginar que una panorámica como esta, desde arriba, iba a situar las cosas en sus verdaderas dimensiones. ¿Cuáles eran las verdaderas dimensiones? El sueño fue verdad y yo lo he traicionado ante esta armonía aprendida, pensó. ¡Cobarde panorámica con la mirada de piloto planeador! El sueño ha sido quizá mi primera señal de vida en mucho tiempo. Ha sido un aviso. Quiso darme la vuelta, como a una persona que durante mucho tiempo se encontraba en el lado equivocado. Quisiera olvidar las seguridades sonambúlicas del estar despierto. Olvidar los sueños siempre fue fácil. Perder las seguridades, que no son otra cosa que los sueños de otros. La seguridad de mi mirada, por ejemplo, contemplando desde esta colina el trajín de allí abajo, confirma el sueño vital de otra persona. ¿Cuál es mi sueño vital?, pensó Keuschnig. Olvidaré las seguridades, recordando un sueño vital. Digamos que el sueño de la noche pasada fue mi sueño vital. – Keuschnig tuvo ganas de seguir por toda la ciudad el agua que corría monte abajo al borde de la acera y que pronto desembocaría en otra agua.

Tan alegre como se sentía con intermitencias a lo largo del día, tan rápidamente se le pasaba la alegría. En el mismo momento de respirar aliviado le faltaba el aire, tan imposible resultaba todo. Incluso en los momentos de alegría no dejaba de pensar en cómo iba a salir adelante. Su desesperación consistía en pensar insistentemente en el futuro sin, por otro lado, poder imaginar un futuro. Pocas veces se había sentido tan alegre, nunca tan desesperado. Cada vez que se sentía alegre, perdía la fe en sus sensaciones; la alegría no perduraba, nada perduraba – tampoco la idea del sueño vital. Solo pensaba en una cosa, como un libertino, aunque para él esa cosa no era el orificio de una mujer, sino lo inimaginable. ¿Es que nadie veía su obsceno rostro? No comprendía que nadie le lanzara, después de mirarle, una segunda mirada especial, que ninguna mujer apartara la vista al verle. Sí, una mujer había apartado la vista y vuelto, como asqueada, la cara. ¿Quizá debía colocarse en el parque junto a un arbusto para que más gente le mirara así?

Notó un sabor a sangre en la boca. Lo repugnante no era que él se hubiera vuelto extraordinario a partir de la pasada noche, sino que todo lo demás se presentara eternamente igual. Repugnante no era que él se mostrara así, sino que la gente no se mostrara también de ese modo. Pensó cuántos años tenía y contó no solo los años, sino también los meses y los días hasta ese minuto en el que se hallaba en la colina de Montmartre. ¡Tanto tiempo había vivido ya! Recordando lo pesada que le había resultado la última hora, no comprendió cómo no se había asfixiado hacía tiempo. Pero el tiempo había pasado de alguna forma, ¿no? Sí, el tiempo había pasado de alguna forma. De alguna forma pasaba el tiempo. El tiempo ya pasaría de alguna forma: eso era lo peor. Veía personas mayores que él e inmediatamente le parecían trasnochadas. No le cabía en la cabeza que no hubieran desaparecido ya. No entendía que hubieran sobrevivido y que incluso siguieran viviendo. Debía de haber algún truco – en un caso así, no bastaba con la rutina. Keuschnig admiraba un poco ese tipo de gente, pero sobre todo le repugnaba; no le interesaba conocer sus trucos. El danés aquel, en el coche con matrícula de Copenhague, seguro que era admirable por haber cruzado impertérrito toda Europa hasta llegar aquí, sin dejarse caer por el camino en un barranco cualquiera. Pero ¿no hubiera sido más honorable si, por ejemplo, en una autopista alemana se hubiera lanzado a tiempo con su coche por un puente? ¡Aquí solo hacía el ridículo con su presencia danesa! En fin, nada tenía sentido, solo una apariencia de ingeniosidad; demasiada, pensó Keuschnig. Que una pareja se sentara a la mesa de un café y siguiera siendo una pareja al levantarse: muy ingenioso. No comprendía que esos tipos al levantarse se dirigieran la palabra, incluso con amabilidad, como si no hubiera pasado nada. – No era justo, claro, que solo desde la noche anterior se viera a sí mismo y a los demás de esta forma. Recordó lentamente que también en el pasado alguna vez le había chocado que las cosas simplemente sucedieran y siguieran como estaban. Una vez había viajado por todo París, en la línea 9 del metro, únicamente para descubrir qué representaba el anuncio mural de «Dubonnet», que surgía a intervalos regulares en los túneles oscuros entre las estaciones de metro. El tren iba tan deprisa que únicamente captaba un fragmento del anuncio, siempre el mismo, y nunca la totalidad, y el fragmento le resultaba incomprensible. En el fondo había querido bajarse ya en el centro, pero siguió hasta la Porte de Charenton, al sudeste de París, donde el tren pasaba más despacio junto a unas obras y vio que las manchas indefinibles representaban nubes multicolores y la bola, situada delante, representaba una especie de globo solar con colores nacionales de los países donde se bebía «Dubonnet». Antes, las cosas habían pasado a veces demasiado deprisa y él había corrido tras ellas porque las quería reconocer. Desde la noche anterior, sin embargo, algo se había parado. Era irreconocible, y a él no le quedaba otra solución que dejarlo. Estar integrado era ridículo; volver a ser aceptado era inimaginable; pertenecer, el infierno sobre la tierra. Vio arroz recocido hacer pegotes en una olla tan grande como el mundo. El engaño había sido descubierto, el hechizo estaba roto.

Keuschnig descendió la colina paso a paso. Qué maneras de andar tan afectadamente despreocupadas, qué caras tan hostilmente tranquilas – los rostros tenían un aire tan veraniego y emprendedor que no eran soportables más que haciéndoles burla, como a veces en el café, con frecuencia de manera involuntaria, imitamos burlonamente la expresión de algunas mujeres que pasan dando saltitos remilgados sin mirar ni a la derecha ni a la izquierda por temor a perder su aparente belleza, o como a veces los borrachos miran fijamente a los que vienen de frente con la misma expresión de estos.

Se cruzó con una mujer, que en mitad de la calle empezó a sonreír y esbozó unos pasos rápidos. Keuschnig se asustó. ¿Acaso se había vuelto loco? Luego vio que alguien desde lejos iba al encuentro de la mujer – y ¡también él sonrió! Sin inmutarse, aquellos dos iban el uno hacia el otro sonriendo, salvando su constante sonrisa a través de la distancia y por encima de todos los obstáculos, aunque el hombre tropezara con una caja de madera vacía y la mujer chocara con otro peatón. Keuschnig no pudo soportar el espectáculo ni un segundo más y siguió andando con urgencia de orinar. Ahora, pensó, se echarán sus estúpidos brazos encima, se mirarán sus ridículos ojos y se besarán a un lado y otro en sus lamentables mejillas. Y luego seguirán inconmovibles sus caminos sin sentido. ¡Fantasmal! Sintió la necesidad de dejar caer la mandíbula para vaciarse de toda su saliva. Vio a un niño perdido en meditaciones mientras una pompa le salía de la boca y estallaba. Luego se cruzó con un hombre que llevaba en la mano una cartera negra. ¡Que no le dé vergüenza!, pensó Keuschnig inmediatamente. Tendría que santiguarme ante él. – Pero él mismo llevaba una cartera parecida y en vez de tirarla en el próximo cubo de basura la siguió llevando heroicamente. Todos héroes de lo cotidiano, pensó. No lograba librarse de la sonrisa idiota que había estado imitando y comenzó a sentir picores. No se frotó con el dedo, sino que frunció aún más la cara. Hasta los bebés bajo las sombrillas con sus mejillas color papilla de zanahorias le parecieron artificiosos. También ellos aparentan, pensó. En realidad están asqueados hasta reventar de su insulsa existencia de bebés. Si divisaba un animal, se asombraba de que no estuviera precisamente haciendo caca. Una vez pensó: si alguien me dirige ahora la palabra, le machaco la tapa de los sesos. Bastaba con que alguien le mirara para que mentalmente se dijera: ¡Cuidado! (Sin embargo, no comprendía que nadie le hablara. Cuando un francés de la provincia le preguntó por la Rue de l'Orient, se sintió agradecido por poderle informar y caminó algunos pasos como ingrávido.)

A todo cuanto se cruzaba en su camino deseaba decirle: ¡no vuelvas a pasar ante mis ojos! Pero inmediatamente aquello volvía a pasar ante sus ojos con otra apariencia, pero con la misma malicia. No percibía una cosa y entonces se le ponía delante de los ojos. Caminaba muy deprisa, para que su falta de consideración no llamara la atención como algo extraordinario. Y, sin embargo, cuando pasaba una mujer y le veía el arranque del pecho, la miraba sin inhibición, con la idea de entrever también sus pezones. Todo tenía el aspecto de estar a buen recaudo: como si en el juego de las cuatro esquinas el último hubiera encontrado su sitio y nadie sobrara. ¡Qué aburrido se encontró tan solo!

La sensación habitual, de dulzura persistente en el miembro, que siempre le duraba, aun después de haber dejado a Beatrice hacía tiempo, le había abandonado de repente. Solo miraba al suelo. Una pepita de albaricoque recién tirada yacía húmeda en la acera, y al verla experimentó de pronto que era verano, y eso adquirió una extraña importancia. Una buena señal, pensó, y pudo aminorar el paso. ¿Quizá había más indicios de ese tipo? Los cristales de un café cerrado durante el verano estaban blanqueados por dentro... Pasó un coche con una bicicleta encima, los radios de las ruedas giraban relucientes. Como si se tratara de una bondad, aspiró profundamente el olor a mariscos que salía de los puestos ya cerrados del mercado.

Cuando salió a la Place Blanche, al pie de la colina, le pareció repentinamente tan amplia que se paró. «¡San Diego!» ¿Lo acababa de oír o se le acababa de ocurrir? – En todo caso, nada más venirle a la cabeza «San Diego», apretó los puños y pensó: ¿Quién dijo que el mundo ya está descubierto?

Al rato, mientras permanecía inmóvil en la Place Blanche, deseó marcharse inmediatamente de París. Pero luego se dijo que un viaje quizá hubiera resuelto algo en otro tiempo, ahora ya no. No había posibilidades de fuga para lo que le había sucedido. Además no le había sucedido nada, se había cumplido algo. Hacía tiempo que le tocaba el turno a él. San Diego y sus puños apretados: significaba que se quedaría aquí y que todavía no daba nada por perdido. ¡Ya veréis quién soy!, pensó. Sin embargo, escuchó con envidiosa añoranza el ruido de máquina de escribir en una agencia de viajes: alguien daba a las teclas con tanta morosidad – ahora una letra, luego otra – como si escribiera el nombre complicado de una ciudad de ultramar. Luego el ruido de la máquina calculadora – como si al cliente le estuvieran haciendo la factura para el vuelo y la estancia allí.

Una pareja – ambos inestables por los muchos años – estaba parada en la acera, el hombre apoyaba la cabeza temblorosa en el hombro de la mujer, no en un gesto pasajero, sino porque no podía más. La mujer sostenía la cabeza de él apretada contra su hombro, y así cruzaron lentos e inseparables la plaza. Como marido y mujer, pensó Keuschnig con sarcasmo, y, sin embargo, durante un momento le tranquilizó la intuición de algo diferente. «Tú no eres el mundo», se dijo a sí mismo, y se sintió extrañamente orgulloso de la pareja aquella. Pero ya el habitual perro junto al chófer del taxi en el que se subió le abrumó con sus ladridos, como si mereciera ser aniquilado, y al oír el archiconocido ruido del motor diésel sintió unas ansias furiosas de asesinar. No; él *era* el mundo, y de pronto vio como una imagen sus intentos de escamotear este hecho: una y otra vez colocaba una manzana mordida entre otras, de tal modo que parecía estar entera – , pero la manzana rodaba de lado y la parte mordida quedaba al descubierto. Así era: el taxista ya bajaba el cristal de su ventanilla y gritaba su «Salaud!» a la calle, y volviendo la cabeza se dirigía a él como si se tratara de un cómplice. No voy a contestar a nadie más, pensó Keuschnig, hablaré en un aparte. Aullaré en un aparte. De repente sintió simpatía por el perro con su lengua fuera. Contra esta apretada saturación no existían sales volátiles. ¡Un minuto de silencio!, pensó, ¡un solo minuto de silencio, por favor, en este eterno ruido de la insensatez! En una esquina se había iniciado el barullo y ahora todo era barullo ante sus ojos sin fin previsible – y a pesar de ello no tenía otra idea en la cabeza que la de un fin.

En el retrovisor del taxi vio inesperadamente su rostro. Primero no quiso reconocerlo, tan descompuesto estaba. Sin buscar comparaciones, enseguida se le ocurrieron varios animales. Una persona con esta cara no puede expresar ni pensamientos ni sentimientos. Se contempló otra vez, pero como ya estaba preparado, no encontró su cara, como le había sucedido por la mañana en el espejo de la panadería; tampoco se puso a buscarla haciendo muecas. Pero el daño estaba hecho: con esa única y premeditada mirada había perdido – además – la conformidad con el propio aspecto. ¡Qué esfuerzo debía de haber hecho Beatrice! Se dice que las mujeres soportan mejor el asco. En todo caso, con una cara así, debería uno estarse quieto, pensó. Con una fisonomía tal era incluso una desfachatez mantener soliloquios. Resultaba inimaginable decirse a uno mismo, amablemente, «¿qué tal?». Por otro lado – y la idea le hizo incorporarse en el asiento – , ¡con esta cara podía permitirse los sentimientos que hasta ahora solo habían surgido en los sueños! Enseguida recordó con qué extraño placer se había orinado en sueños sobre una mujer. Entonces había sentido vergüenza al despertar. Ese no era yo, había pensado inmediatamente. Pero aquel placer encajaba muy bien en su cara recién descubierta; no le resultaba extraño – aquel placer *era* él. Y así comprendió: con la cara desenmascarada, nada, pero nada, debía resultarle extraño. La disculpa de la extrañez quedaba invalidada; también podía ahorrarse todo arrepentimiento. No había disculpas cuando se llevaba este indecente semblante. Keuschnig se sintió capaz de todo, incluso de un asesinato sádico. Por fin admitió que el asesinato de la anciana en el sueño había sido un asesinato sádico. – De repente, el perro del taxista comenzó a gruñirle y Keuschnig sintió miedo de sí mismo. Rápido, al trabajo, pensó; mi buena y querida oficina.

La tarde duraba ya mucho, y el tiempo empezó a agudizarse como un órgano, que no se siente hasta que deja de funcionar. De pronto había tanta abundancia de tiempo que cobraba existencia propia y no pasaba ya así como así. El fenómeno abarcaba a todos: ya no existía una actividad en la que poder refugiarse; Keuschnig pensó casi con alivio que por fin el asunto no solo le afectaba a él. El órgano dependiente del total se independizaba; dejaba de funcionar exclusivamente y nada funcionaba ya. El día parecía demasiado largo y el tiempo se convertía en un elemento hostil que amenazaba con una catástrofe a la civilización adormilada. Era como si el tiempo normal no tuviera ya existencia y los factores que se habían acumulado en el elemento hostil estuvieran destinados a una persona, como puede estarle destinada a alguien una trampa que ni un animal puede descubrir. De pronto, el tiempo transcurría entre los edificios como para un sistema extraterrestre en un sentido contrario a como estaban trazadas las calles, los muelles; a como se movían las grúas; y también a como las plumas de paloma giraban sobre sí mismas al caer de los tejados y el polen volaba entre los automóviles. El mundo bajo este despiadado tiempo elemental le pareció a Keuschnig como sin alma. El mundo se arrastraba bajo el cielo alto, deslumbrante; cada aparición humana, un intermedio sin importancia. Unos pocos niños bailoteaban sobre una tarima improvisada para una fiesta acabada hacía tiempo, y algunas ridículas embajadas que nadie comprendería ya daban patinazos por doquier. El cielo era demasiado alto para los más altos amontonamientos de la civilización en el primer plano de la imagen, como si ya perteneciera a otro sistema. El paisaje humano se desintegraba ante los propios ojos de Keuschnig hasta formar un montón de chatarra de feria ante el fondo compacto y amenazador. El azul profundo con el que el tiempo excedente presionaba era una cosa – , y las embajadas mal mezcladas bajo ese azul, a las que él (¡y con él todos!) solo podía atribuir un sentido falaz por miedo a la vida o a la muerte, era otra, bastante accidental. Keuschnig vio el cielo abombarse sobre la Place de la Concorde como algo improcedente que caía por los bordes hostilmente sobre la plaza. Bajo las farolas del Pont des Invalides danzaban ante sus ojos las mismas chiribitas negras como las que resultan de mirar fijamente al firmamento sin nubes: recuerdos de una fiesta que ha terminado. ¡No ver ahora las amplias despejadas plazas! Antes de la Esplanade des Invalides abandonó el taxi y corriendo buscó (¿qué?) refugio. En el camino, una gota de lluvia tibia cayó del cielo oscuro-despejado sobre su mano. Cuando Keuschnig vio en la Rue Fabert la placa de metal amarillo «Embajada de Austria», ya había pasado todo. Luego, durante el trabajo serio de su oficina, nada más ver salir el papel limpio y blanco del rodillo negro de la máquina de escribir, las cosas le parecieron volver a adquirir su función acostumbrada... Solo una vez se encogió y se tapó los oídos, el corazón le latía abajo, en el cuerpo, como si al otro lado de las paredes protectoras bramaran los elementos contra los que ni la embajada mejor maquillada podía nada. Pobres de los que ahora carecen de protección, pensó, con la esperanza, sin embargo, de que la situación continuase, porque en su catastrofismo había dejado de sentirse a sí mismo personalmente o al menos en tan escasa medida que creyó compartirla con todos los demás. Y ¿si se equivocaba? – Sería el final de una posibilidad, pensó Keuschnig, si también esa situación de fuera resultase ser solo la mía propia.

Desde hacía unos días Keuschnig trabajaba en un informe para el Ministerio de Asuntos Exteriores con el título *La imagen de Austria en la televisión francesa,* subtítulo: «Austria, una película de ensayo». La idea se la habían dado unas películas de televisión sobre narraciones de Arthur Schnitzler. En ellas los personajes aparecían exclusivamente en interiores desprovistos de decorados. Los «exteriores» eran, como mucho, el interior de un carruaje. Keuschnig había escrito que era en el decorado donde estas películas expresaban su imagen de Austria, y no a través de estudios decorados con peculiaridades austríacas: los mismos estudios desnudos eran presentados como la peculiaridad austríaca, de modo que los personajes aparecían delante de un decorado que podría haber sido cualquier sitio. Una tierra de nadie, sin historia, con personajes cualesquiera sin historia: precisamente eso parecía ser, según las películas, lo peculiar de Austria. Cuando un personaje entraba excitado, no había vivido lo excitante en un país determinado, sino en la antesala – . Keuschnig quería, pues, demostrar que, como el país nunca aparecía y ninguna vista al paisaje daba la vuelta a la historia, los personajes de estas películas parecían *recitar* sus vivencias (después de haberlas memorizado quizá en la antesala) – abrazos aprendidos *de memoria*, como también estaba aprendido *de memoria* cómo dos personas se miran a los ojos, y sabiendo *de memoria* cómo unos labios presionan sobre otros – y que las películas mismas (pero ¿qué demonios quería decir?), pues que los personajes de estas películas... (o sea, ¿que él mismo también podía hacer frases de memoria?) no vivían verdaderamente (¿qué significaba eso?)..., sino que habían aprendido *de memoria* a *simular vida...* porque, escribía Keuschnig, un país cuya característica es consistir en un decorado desnudo, no permite vivir nada... y que por eso las películas mostraban Austria como un país en el que solo pueden contarse *seriales,* y además ¡como si fueran la vida misma! (pero ¿en qué país o en qué sistema no se contaban simples seriales como si fueran vivencias propias?) – y que entonces las películas...

De pronto, Keuschnig había olvidado lo que pretendía demostrar y se alegró. Rompió el papel. Luego buscó otros papeles que poder romper. Durante un rato le dio gusto estrujar papeles, romperlos y tirarlos. Era como si se vengara de algo. Buscó por toda la oficina cosas para tirar, las alineó delante de sí y las tiró una a una, estirando bien el brazo, aunque se tratara solo de livianos sobres, a la papelera. Rompió las tarjetas postales de los funcionarios de la embajada que estaban de vacaciones y las tiró a su vez. – En el fondo podría demostrar en esas películas todo lo contrario, pensó. Todavía ayer se hubiera demostrado también a sí mismo en demostraciones lógicas frase por frase – , hoy prefería seguir leyendo los periódicos y pasar una tarde inocua. Leía también los horóscopos, sintiendo cómo se iba haciendo cada vez más inconspicuo. En confortable inocencia estaba solo en su despacho; a lo sumo se permitía de vez en cuando una mirada a los castaños delante de su ventana, en los que relucían entre hojas verdes oscuras las cáscaras pinchudas de los frutos de un verde claro. Cuánta razón tenían hoy los periódicos – ¡cuánto apreciaba hoy que los comentadores expusieran sus opiniones! ¡Estos no piensan en sí mismos!, pensó – impresionado. Sintió deseos de subrayar cada línea. Al leer un artículo sobre «El triste destino de...» se sintió invitado a tomar como ejemplo la generosidad del reportero al posponer su propio destino, sin duda igualmente triste. – Sobre todo le conmovían los chistes. ¡Qué valor se necesita para inventar un chiste! Qué poco vanidoso era buscar el rasgo cómico en todo lo que le rodeaba a uno – ¡porque en todo había *por fuerza* un chiste! «¿Conoces este? ¿Un tipo sueña que se ha convertido en un asesino?» – «Sí, pero ¿dónde está la gracia?» Cuál era la solución. En todo caso, Keuschnig tuvo envidia del desprecio general hacia la muerte, mientras él leía con confortable discreción los periódicos de la noche.

51

Entonces notó que ya hacía un rato que había dejado de leer. – Y que solo contemplaba la máquina de escribir que tenía delante: la máquina, los lápices perfectamente alineados todos ellos, la pluma *alerta* en su mano. ¡Con qué hipocresía he ordenado las cosas estas!, pensó. Me autosugiero una seguridad que en realidad no existe. Como si ordenando simplemente los utensilios de trabajo las cosas siguieran su curso habitual y nada pudiera ya sucederme. – ¡Cómo se engañaba colocando las cosas como si se tratara de *instrumentos* para esconderse detrás, como si fuera simplemente su funcionario! ¿Acaso el receptor de onda corta aseguraba, por el mero hecho de utilizarlo, su futuro? ¿O acaso el cesto junto a la puerta con el cartel de «salidas» garantizaba que el conserje encontrase realmente en el momento indicado los informes y cartas exigidos a Keuschnig? – Fuera, un coche frenó en la plaza con un aullido que hizo oír a Keuschnig un perro al que pisó hace tiempo una pata. De un segundo al otro todo estaba nuevamente en juego. Debía empezar ya de una vez a reflexionar sobre sí mismo... Nació... Mi padre era... Mi madre tenía... Ya de niño sentía a veces... ¿Es que no había otra posibilidad de pensar en sí mismo? Si muriera ahora, pensó de repente Keuschnig, solo dejaría desorden. Con la pluma que sostenía en la mano comenzó a redactar su testamento, escribiendo *por completo* cada palabra, incluso los números, para alargar lo más posible el proceso de escribir, en el que se sentía seguro. – Mientras la pluma rascaba el papel, la muerte parecía alejarse de él. Introdujo el testamento en un sobre con la indicación «No abrir hasta mi desaparición»; deseaba evitar la palabra «muerte».

Miró por la ventana la Esplanade des Invalides; nada especial; nada para él. Se obligó a contemplar algo para que los dolores de corazón cesaran: por ejemplo, las casetas de construcción, ¿quizá para la unión de dos líneas de metro? Eran tan bajas que los trabajadores salían de ellas agachados y de espaldas. Vaya, pensó. En los árboles de la gran plaza había ya muchas hojas amarillas y carcomidas. O, ¿por qué no? – la luna pálida en el este del firmamento. Una de las cristaleras de la estación de autobuses de Air France, al otro lado de la plaza, espejeaba el sol como siempre; solo que hoy era un poco más pronto que ayer. Bueno, pensó Keuschnig. Estaba recitándose literalmente todo lo que veía para percibirlo al menos.

Luego notó que en el mismo piso que el suyo, unas cuantas habitaciones más allá, detrás del mástil para la bandera, había alguien en la ventana: una chica, a la que apenas conocía; trabajaba desde hacía solo unos días en una sustitución en el registro. Sin fijarse especialmente en él, regaba con una pequeña taza de café un tiesto de pelargonios. Luego desapareció de la ventana y volvió con la taza llena de agua. Le llamó la atención cómo sostenía la taza, alta sobre las flores, y con qué cuidado echaba el agua. Sus labios estaban entreabiertos, la cara era extrañamente vieja; de pronto tuvo la sensación de que estaba observando algo prohibido. Sintió calor y mareo, pero no podía apartar la mirada de ella. – Cuando se alejó de la ventana, Keuschnig esperó a que volviera. Apareció antes de lo que esperaba; vino casi corriendo, como excitada, y le miró de lado rápidamente – pero se puso a regar con más cuidado todavía, incluso tardó en volcar la taza: como si tuviera que superar una resistencia. De repente le miró otra vez – sin que su rostro cambiara, con una mirada larga, ininterrumpida, vieja, mala y amargada de lujuria. Su miembro se endureció y Keuschnig retrocedió, asustado. – Luego olvidó todo y fue al despacho de ella, por el pasillo. Le recibió en la habitación. Él cerró la puerta. Con dos, tres movimientos, se encontraron en el suelo, entrelazados; con otros pocos movimientos, ella abrió mucho los ojos, y él los cerró. Al poco rato se echaron a reír al unísono como locos.

Keuschnig no tuvo la sensación de estar con una mujer única, determinada, y después siguió sintiendo un recíproco poder y una mutua independencia. – Se ayudaron a levantarse el uno al otro. Se sentaron en dos sillas, ella detrás del escritorio, él delante, y se miraron con complicidad. Ella estaba seria, solo sonrió una vez con los labios cerrados, mientras le miraba, pero enseguida se puso seria. También él podía mirarla con naturalidad; sin miedo a traicionarse. Su mirada no necesitaba nada para fijarse, ni detalles, ni peculiaridades por las que poder reconocerla – la veía en total y nada en ella le llamó la atención. Si en este momento le hubiera dicho que la amaba, hubiera sabido, al menos por un instante, lo que quería decir con eso. Eso era lo que *había* ahora, y no necesitaba decir nada. Delante de ella Keuschnig no necesitaba disimular, nunca más. Sin miedo se abismó en ella: no tenían ningún secreto el uno ante el otro, pero compartían un secreto común frente a los demás. Por unos instantes compartieron *todo*. Dejaron sonar los teléfonos en el edificio, dejaron zumbar el ascensor, chirriar la puerta de abajo en el patio, zumbar una mosca en la habitación: nada podía distraerles de su abstracción sin palabras. Keuschnig miraba el cartel escrito a mano, pegado a la pared detrás de ella: «Per aspera ad acta», sin que le pareciera ridículo, y la pareja de palomas en la hiedra del edificio de enfrente zureaba sin segundas intenciones. Le hubiera dado igual que alguien les hubiera observado. ¡Que observaran! Ellos no necesitaban ningún secreto; además, quizá la escena inspiraba al observador. La miró insistentemente y pensó de pronto: ¡Ahora tengo una aliada! Sin que él hubiera dicho una palabra, ella asintió con la cabeza, luego se puso el

dedo delante de la boca, lo puso en el labio inferior, como para quitar importancia al gesto.
Volvieron a reír sorprendidos, casi orgullosos.
Ahora conversaban y a Keuschnig no le molestó siquiera que ella dijera: «Cuando estoy con
un hombre..., cuando me tocan aquí...» – le
alegraba incluso ser intercambiable para ella. Al
salir le besó la mano. – Pero cuando ya en su
despacho pensó una vez en ella, se le cortó la
respiración porque nada le recordaba cómo había
hecho el amor con ella. No había detalles a los
que poder sujetarse, ni una sensación de calor, ni
de blandura, o de docilidad. Esto era lo único
que le avergonzó un poco.

Al salir hacia las seis a la plaza para ir a la
conferencia en el Elysée, Keuschnig se paró de
pronto y apoyó las manos en la cintura. Se sentía agresivo hacia todo el mundo. «Ya te he
dado una lección – dijo – . ¡Te venceré!» – con
los puños cerrados anduvo hacia el Pont des
Invalides, cruzó el Quai d'Orsay sin preocuparse por los coches. Tenía la necesidad de romper
inmediatamente una resistencia cualquiera y
demostrar su poder. Ahora sabía que aún había
algo por hacer – pero ¿dónde? Las monedas
tintineaban en su bolsillo al correr, pero aceleró el paso, corriendo, persiguiendo. Al menos
durante un breve tiempo tuvo la sensación de
ser omnipotente y poder mirar desde arriba sobre el mundo. Este le estaba destinado y ahora
penetraba en él para reconquistar las cosas que

le habían desertado. «Vaya, ahí estás, Sena», dijo condescendiente, mientras cruzaba el puente. «¡Tú sigue fluyendo tan anodinamente, que yo ya descubriré tu secreto!» Luego pensó: Pero si me están sucediendo cosas – y de pronto se alegró y comenzó a andar más despacio. A menudo Agnes le decía: «¡No cuentas nada!». Ahora tenía algo que contar: cómo había dicho ¡quieto! – y por unos minutos, al menos, el mundo había obedecido. Añadiría algunos detalles: que calles empinadas se habían vuelto horizontales, que bloques enteros de casas habían disminuido un piso. Sería una historia para Agnes: porque para ella «el mundo» todavía era una medida de volumen. – ¿Y si no le contara nada? Ya que no tenía nada que decir. Al menos le quedaría a él algo para hacer frente a lo que se le avecinaba irremisiblemente y que con estos recuerdos quizá fuera más fácil imaginar. Puedo alegrarme, pensó sorprendido; soy una persona que puede alegrarse. Otro fenómeno que hasta hoy no me había llamado la atención. De pronto tuvo ganas de *dibujar:* con el dedo dibujó el tejado puntiagudo del Grand Palais, al pasar, en su camino a la Avenue Franklin D. Roosevelt.

En París generalmente el cielo era visible, también cuando no se alzaba la cabeza: incluso mirando de frente, el cielo aparecía al final de muchas calles. Por eso a Keuschnig le chocó que hubiera nubes en el cielo: tiras muy blancas, inmóviles allá arriba, y debajo, atravesadas, nubes más oscuras por la proximidad, que pasaban rápidamente casi rozando los tejados y cambiando de forma, antes de que pudiera discernirlas. ¿Por qué me llama tanto la atención el cielo?, pensó. En el fondo no le llamaba la atención, solo lo veía, interesado, sin más cavilaciones. Durante unos pasos le ocupó de manera tan excluyente que luego pensó: «Me gustaría llegar a prolongar estos minutos desinteresados y, sin embargo, plenos, en los que no se observa nada de manera especial, pero tampoco se le escapa a uno nada». Sin embargo, la próxima mirada a las nubes le desazonó. No quería ver nada. ¡Que desaparezca por fin todo! Caminaba por el centro de la acera con ganas de insultar a alguien. ¡Dejadme, oh ingeniosos! Le lanzaría a una mujer una sola palabra y ella la recordaría toda su vida. ¡Hallar la palabra para la que nadie tuviera una respuesta!

Al final de los Champs-Elysées solo había un motivo: el Arco de Triunfo. Desde el Round Point se veía a través de él el cielo de poniente, que se espejeaba en el suelo de la extensa avenida. «Si hubiéramos ido más arriba, hubiéramos visto detrás del Arco las grúas, con las que iban añadiendo más y más edificios nuevos al barrio de La Défense.» ¡Tomo nota como si fuera para otro!, pensó Keuschnig. Pero fue solo una breve digresión.

Con el movimiento con que entró en el drugstore de la Avenue Matignon desde la calle se sintió repentinamente a salvo, al menos por el momento. Ya el hecho de *entrar* – es decir, abandonar el opresivo andar en línea recta – había sido como un recogerse, y cuando fue pasando por el drugstore moviéndose entre mucha gente, en un ritmo independiente de él, parando, esquivando, andando, haciendo solo movimientos de drugstore y dejándose llevar por ellos, no le costó imaginar que llevaba una vida completamente distinta, inspirada por la-sensación-de-drugstore, en la que todo dejaba de ser problemático. «Sí, iniciaré una nueva vida», dijo en voz alta, como si se tratara de algo urgente, y un recuerdo le vino a la mente: unos colegiales en atuendo de gimnasia estaban en una fila, delante de ellos había otros dos, los jefes de juego, que alternándose iban llamando por sus nombres a los chicos de la fila que querían para su equipo. Los elegidos salían de la fila – los jugadores buenos enseguida se repartían, y solo quedaban en una fila, abochornados, los inútiles: ¡por favor, que digan por fin mi nombre! Aun el penúltimo se salvaba – todo menos ser el último, quedarse solo... En cambio, aquí las servilletas de papel arrugadas en los platos sucios de ketchup, las mujeres jóvenes y solas, que leían sus cartas de amor apoyándolas sobre los bolsos abiertos: en este tumulto ya no tenían vigencia los juegos, en los que alguien tenía que ser el último. – Keuschnig compró en el puesto de libros tres guías gastronómicas. Iba a leerlas de arriba abajo. Otra cosa a la que puedo agarrarme, pensó.

Volvió a salir a la calle... ¡Este costroso drugstore con las patatas fritas pisoteadas por el suelo y las revistas todas arrugadas! El cielo se nublaba mientras lo miraba desde el cruce. Intentó recordar la nueva sensación con la que había entrado en el drugstore. ¿Entrar? De pronto ya no recordaba nada, tampoco otras cosas. Desde luego podía enumerar todo, pero no recordarlo. Se acordaba de los hechos, pero no de las sensaciones. Cuando hacía unos años la enfermera le mostró por primera vez a la niña a través del cristal, ¿se había conmovido al ver la cara que ella misma se había arañado? Sintió una felicidad, sí, pero ¿cómo había sido realmente? No recordaba una sensación, sino el hecho de haber sido feliz. Le había conmovido, desde luego, pero ni siquiera con los ojos cerrados podía volver a sentir ahora aquella sensación. Inténtalo, respirando con paciencia. Lo intentó..., pero el aire se equivocó de conducto y Keuschnig se atragantó. – Vio pasar un autobús vacío, sobre el que caía lateralmente el sol ya bajo, de tal manera que en cada ventanilla aparecieron una al lado de otra las huellas de narices aplastadas contra el cristal. Un animal, pensó Keuschnig, desmemoriado. No era capaz de andar más que contando los pasos: uno..., – y dos..., y tres, como si tuviera que engañarse a sí mismo para avanzar.

Al cruzar el campo de juegos infantiles del Carré Marigny, que ahora, a finales de julio, estaba vacío, el cielo ya se había cubierto por completo. Soplaba un viento fuerte y frío y los castaños hacían tanto ruido que no se oían ya los coches en los Champs-Elysées. Pequeñas ramas secas salpicaban sobre el suelo. Los caballitos del tiovivo estaban cubiertos, por el verano, con sacos y plásticos, y atados con cuerdas gruesas. Había oscurecido bastante, Keuschnig estaba solo en el Carré, el polvo le entraba en la nariz. Ahora el viento soplaba tan fuerte que le asaltó un miedo atroz y no pudo ya contenerse. Corrió al teléfono de una parada de autobuses de la Avenue Gabriel y llamó: Agnes estaba en casa – ella misma cogió el teléfono; mientras le contestaba, contenta, partía un caramelo con los dientes.

Mientras andaba, Keuschnig se acordó de que acababa de tener miedo. Una sensación; – recuérdalo. ¿Cómo había sido? Los músculos y tendones de todo el cuerpo se habían endurecido de golpe, formando una estructura propia..., un segundo esqueleto. Sí; así había sentido el miedo. ¡Tengo que redescubrir todas las sensaciones!, pensó.

Aunque la Avenue de Marigny, en la que se encuentra el Palais de l'Elysée, está en el centro de París, no se pasa ante ninguna tienda, ni siquiera ante las ventanas de alguna casa habitada, sino siempre ante castaños y altos muros de jardines. En la entrada a la Rue du Faubourg-St-Honoré hay un restaurante con un quiosco de periódicos delante. Para ser una vía de acceso, la avenida no es larga ni muy ancha, pero sí recta y de buena visibilidad. En los contornos casi no aparcan coches, ni siquiera en las aceras, por los bloques de cemento que las bordean. – También está vacía de transeúntes; solo policías van de arriba abajo a lo largo de los altos muros, las manos en la espalda, y cuando Keuschnig entró en ella, mecánicamente echó mano de su pasaporte, como si no estuviera permitido pasar por esta calle sin él... En la esquina había un policía en una garita, dando vueltas alrededor del dedo a un pito colgado de un cordón largo. Menos mal que Keuschnig no tenía que estornudar ahora. Eso era una prueba de su inocencia, ¿no? Sin embargo, pensó que en este día nadie olvidaría su cara. Cualquier intento de pasar desapercibido le haría más llamativo. Vio una picadura de mosquito en el cuello del policía, y en el mismo instante se le cruzó por la cabeza una imagen de su sueño: su propio pecho cubierto de picaduras de mosquito. Estaba desnudo, recordó, como ocurre a menudo en los sueños – pero esta vez, a diferencia de otras, *deseaba* estar desnudo. Por primera vez sentía placer al mostrarse desnudo, y no a una sola persona, sino a todo un grupo; en vez de pasar simplemente, se plantó delante de todos.

Cuántas hojas de castaño secas se acumulan ya al borde de la acera, pensó, una palabra tras otra – como si este pensar literal le protegiera. Otros dos policías venían de frente, llevaban los guantes de cuero detrás del cinturón blanco, sobre la tripa, los pantalones remetidos en las botas. A los ojos de Keuschnig, el hecho de ser dos les daba ligereza y les hacía cómplices. Él era solo un tercero. Pero aunque hubiera estado acompañado de otra persona o de muchas, seguramente le hubieran reconocido inmediatamente en un careo. ¡Ese es! – Envidió a los policías por su cara. ¡Qué bellos le parecieron esos rostros en su absoluta seguridad!; bellos, porque no tenían nada que esconder; bellos en su exterior, de una pieza. En un caso de emergencia, ambos policías sabrían con precisión qué había que hacer de inmediato y qué después. Todo estaba ensayado y nada les podía suceder, porque de entrada todo tenía un *orden*. Cada posibilidad estaba calculada, cada eventualidad prevista. Eran como pioneros, como americanos de – por ejemplo – Grand Rapids, ¡y así solo se podía ser inmortal!

Únicamente necesito un orden, pensó Keuschnig. Pero antes que un orden necesitaba un sistema. – No había ya sistema para él. Además, ¿para qué necesitaba un orden? – Para disimular que carecía de sistema. – Solo se me ocurren cosas que no necesito, pensó.

El próximo policía que pasó a su lado iba solo – pero también solo formaba una armonía. Quizá se deba al uniforme, pensó Keuschnig. Luego vio a un hombre solo, de paisano; también su rostro reflejaba equilibrio. Qué humanos parecían todos en comparación con él. El viento derribó una prohibición de aparcar y Keuschnig comenzó a ver de nuevo signos de muerte. Aunque había pasado ya, volvió y levantó la señal, como si así pudiera invalidar algo. – Lo próximo que vio, a través de una abertura del muro, fueron muchas garitas vacías, en fila sobre un camino de grava. También volvió otra vez sobre sus pasos y contempló las garitas con todo detalle – las ventanillas laterales, la pequeña placa de calefacción central en la pared del fondo – para que volvieran a ser nada más que productos humanos. Incluso contó los elementos de la calefacción: ¿significaría algo que fueran precisamente seis? La próxima señal era el restaurante de la esquina:

si figura en una de las guías gastronómicas, no puede pasar nada, pensó; si no. – El restaurante ni siquiera aparecía en alguna de las tres guías. Un coche de policía se acercaba con luz azul y sirena y se metió en otra calle. Por lo menos al vendedor de periódicos ante cuyo quiosco pasaba Keuschnig, y que temiendo que lloviera cubría ya los periódicos con plásticos, le parecería indiferente aquel transeúnte y por un momento ambos compartirían algo. Sobre un montón de periódicos había un vaso de cerveza inclinado. Keuschnig hubiera deseado seguir caminando hacia el fondo del espacio, dando vueltas a un bastoncito, como...

Sensaciones de vida prestadas, que el organismo rechazaba inmediatamente en este día. Y el organismo se dedicaba ya solo a rechazar: una vez excluidas las sensaciones simuladas, ya no sentía nada de sí mismo; excepto una inanidad atravesada, pesada y cadavérica. El rechazo no era más que la repugnancia ante tanta respiración artificial: la forma de experiencia internacionalmente válida, vista como simple curandería. Claro que podía ir a ver en cualquier parte de la ciudad, por ejemplo, una película de Humphrey Bogart – era verano, la época de las reposiciones; esta semana daban *Key Largo*: pero también sabía que, después de la película con Bogart y su inquietante y húmedo labio inferior, subiría – como mucho – un trecho de la escalera en su compañía; a los pocos metros, en la calle, sería de nuevo el compañero de nadie y de nada y tendría que preguntarse para qué seguía caminando y adónde. No quería engañarse: para él el tiempo de las reposiciones había pasado; no había ningún producto para su nueva situación, ningún producto que después de pagado pudiera utilizar, según su estado de ánimo. No había investigación ni sistema que lograra ponerlo a punto de producción. Entonces, ¿qué necesitaba Keuschnig? ¿Qué le apetecía? Nada, contestó. *No me apetece nada.* Y al pensarlo, sintió que tenía razón y quiso defender esa razón, frente a cualquiera. ¿Por qué se empeñaba en camuflarse? ¿Acaso era un peligro público? Durante casi todo el día, hasta este momento, había tenido *ganas* de hacer algo, pero no había hecho nada excepto con la chica (y no recordaba ningún detalle): ganas de berrear, de exhibirse desnudo, de enseñar los dientes. Cobarde, pensó. Al mismo tiempo tuvo miedo de traicionarse en el próximo momento.

Notó que tenía ganas de mirar al soldado que, con la bayoneta sobre el brazo, hacía guardia en la garita a la entrada del Palais de l'Elysée. ¡Yo también voy a hacer guardia!, pensó. Observó cómo la punta de la bayoneta oscilaba, pero cuando el soldado, de repente, le dirigió la mirada, Keuschnig miró enseguida su reloj. ¡Qué imperturbable corría el segundero! El tiempo pasaba casi como un consuelo. Keuschnig siguió simulando: se volvió como si... Ningún conocido al que poder saludar como si se le hubiera esperado aquí. Al menos estaba permitido mirar al barrendero de allá, ¿no? Pero en esta zona incluso un barrendero parecía dedicarse a su trabajo como subterfugio, y el que lo mirase no podía ser un inocente transeúnte.

Hubiera preferido entrar por el portal con otras personas. Quizá era el último y ya no venía nadie más. ¿Qué hora es? (Hacía un momento había mirado el reloj: ¡como si un vistazo bastara para enterarse de la hora!) ¿Eran estas las señas indicadas? En todo caso, el camión retransmisor de la televisión francesa estaba en el patio. Keuschnig mostró su tarjeta de identificación y le invitaron a pasar. Allá arriba, en el Palais de l'Elysée, golpeaba una ventana, en otra se veía pasar a una doncella con una cofia blanca; un chófer plegaba la antena de un Citroën negro, situado delante de una entrada lateral, mientras observaba el cielo oscuro; por una puertecita del muro del jardín, al fondo, desaparecía alguien sobre una motocicleta: con todos estos fenómenos el edificio le pareció casi familiar; observar da paciencia. – Un oficial le cacheó, otro registró su cartera. Al mirar a través de sus brazos alzados sobre la tapa de la cartera, que el oficial cerraba cuidadosamente, Keuschnig pensó: Por fin algo que acontece sin mí – algo que puedo observar sin participar. ¡Un segundo de libertad! Deseaba agradecer a no sabía quién, no sabía qué... En ese momento registró sorprendido el contacto impersonal de las manos que exploraban sus hombros, como si se tratara de una invitación, y en los próximos segundos de libertad, bajo los movimientos expertos con que el oficial tanteaba su tórax, el prolongado y feo dolor de este día se disolvió de pronto en una tristeza cálida y compasiva. No olvides todo otra vez, pensó Keuschnig. Todo este reconocimiento tan objetivo lo he sentido hoy a las seis de la tarde como una caricia.

Tembló. Al mismo tiempo su cara se vació, de puro autodominio temeroso. La gravedad vacía y pomposa de un fascista, pensó él mismo. El oficial lo miró asombrado y se rió brevemente con su compañero de una cara tan estúpida.

Keuschnig no hubiera podido imaginar que vería a alguien correr en este decorado – y ya corría él mismo hacia el portal principal atravesando el patio con los árboles en macetas. No escuchó ni pitidos ni gritos de alto. Un grupo de hombres en traje oscuro le vino al encuentro y enseguida se puso a andar despacio. Recordó que también de niño, cada vez que al correr se encontraba con otras personas, andaba al paso, hasta que las dejaba atrás y se atrevía a volver a correr. Ahora había pasado ya al grupo. – ¿Por qué no reanudaba la carrera? – De golpe recordó tantas situaciones, tantos lugares en los que había frenado ante gente – gente tan distinta – , que solo pudo andar paso a paso en la memoria. Otra cosa le llamó la atención: el mundo a su alrededor, que parecía alejarse de él hacia diversos puntos de fuga – sin ofrecerle ninguna vista – , le volvió a rodear amorosamente a los primeros pasos rápidos. Donde antes había pasado, como si se tratase de las partes traseras de edificios, ahora veía los detalles, como algo que existía también para él. – Corriendo nuevamente, Keuschnig notó junto a las recién regadas macetas pequeños charcos relucientes, y en el mismo instante tuvo la sensación fantástica de unión. Se paró delante del portal y, como para contradecir al anterior mal humor, sacudió la cabeza. Ahora podía mirar libremente a su alrededor, hacia los cuatro puntos cardinales. Antes de entrar, echó una mirada ávida por encima del hombro, no fuera que hubiese pasado por alto alguna cosa. ¡Qué inmenso era el paisaje en comparación con otras veces! Solo con ojos libres lo veía tan rico, tan útil. El cielo, con las nubes bajas, parecía dar algo de sí. Keuschnig rechinó los dientes. – Al subir corriendo la escalera, repitió, ante su asombro, una carrera de un sueño. En aquella carrera, por primera vez en un sueño, había avanzado.

Como participante en la conferencia de prensa sobre el programa del nuevo gobierno, Keuschnig se sintió, de momento, completamente despreocupado. Aquí los signos de muerte eran impensables. Keuschnig no necesitaba imaginarse el propio futuro ni temer sorpresas; solo tenía que quedarse sentado y escribir eufóricamente entre otros muchos colegas: eso era la paz. El presidente de la República, allí delante, exponía el programa de gobierno, y Keuschnig presintió visceralmente que todo iría a mejor. A la pregunta de un periodista sobre la supuesta falta de sentido de determinado proyecto, el presidente contestó: «No puedo permitirme creer que lo que hago carece de sentido». A Keuschnig le gustó esa respuesta y la apuntó. Aquí no se decía nada que no estuviera pensado para ser anotado; ¡eso era muy tranquilizador! Keuschnig se explicaba por qué se había sentido tan aliviado cuando, hacía unos meses, después de las elecciones, los familiares y queridos anuncios habían sustituido en las paredes a los carteles electorales. ¿Acaso los carteles electorales habían amenazado con que *sucediera* algo? ¿Por qué las elecciones le habían parecido una pura fantasmagoría? Ahora se sentía curiosamente protegido, sabiendo que otros hacían política por él. Hacía tanto bien pensar sobre uno mismo con las formulaciones de otros: el programa, sobre el que iba tomando notas, le decía cómo era él y qué necesitaba; además, ¡con un orden! Y lo que el programa no definía de su persona, era negligible – se trataba de formas de comportamiento típicas de la rebeldía adolescente, de las que él mismo era culpable. ¡Estoy definido!, pensó Keuschnig, y se sintió halagado. Estar definido le volvía por fin conspicuo, también ante sí mismo. ¡Perder así el continente ante un simple y estúpido sueño! ¿Y quién era él para hallar solo en tiempos sagrados sentido a la vida? ¡Basta de veleidades subjetivas! Le importaban demasiado las lucubraciones, que otros no podían siquiera permitirse. – Pero ¿y si volvía el peligro, como hoy? Pues entonces, a condición de ver las cosas en su sitio como un adulto, dispondría para siempre de un sistema a prueba de tontos, por el que volvería a definirse. – Y de este modo, pensó Keuschnig satisfecho, ¡no se descubrirá nunca quién soy verdaderamente! – El rostro sentencioso del presidente... Sabía llevar a buen fin la frase más complicada. Contestaba inmediatamente a la pregunta más sorprendente y luego cerraba la boca como si estuviera dicho TODO. Keuschnig se sintió reguardado. Escuchaba la serie de preguntas y respuestas, el motor de las cámaras, el ruido rápido de los aparatos fotográficos como si se tratara de una música de fondo dedicada a él. Pero entonces reventó un foco. Un pájaro chocó desde fuera contra una de las ventanas altas y estrechas, se alejó aleteando, chocó contra otra ventana y en Keuschnig se desencadenó el pánico al pensar hasta qué punto la seguridad era imaginaria. ¡Nada de distracciones! Era una cuestión de vida o muerte. – El viento se había calmado, y cuando, en el silencio, se levantó del patio una bandada de palomas, la escuchó como la primera ráfaga de un huracán. El presidente, maquillado para la televisión, echó los labios hacia delante, completamente entregado a su papel; lo simpático era que ya hubiera pensado en todo por adelantado. Keuschnig descubrió entonces lo que le molestaba: que el programa fuera para todos y no para él solo. Se refugió en una mirada por la ventana, como hacía antaño en clase, en la universidad: las cortinas blancas, recogidas – ¿de dónde procedía ese rumor? Ah, llueve, pensó regocijado. Había empezado a llover con un crujido, como cuando se pone en marcha un vehículo muy cargado. Luego tronó por encima del Palais de l'Elysée y Keuschnig tuvo escalofríos de puro bienestar.

El presidente se había quitado las gafas y decía: «Amo el cambio». Tras esta frase se produjo una pausa y Keuschnig temió que los periodistas no tuvieran ya más preguntas. Hojeó rápidamente en su cuaderno de notas – un ruido parecido al de la bandada de palomas de antes. No se le ocurría nada. Señor presidente, ¿desea usted ver sangre? Los focos de la televisión se apagaron, y apenas Keuschnig apretó la mano contra los ojos – aprovechando la última complicidad – el presidente de la República desapareció. (¿De qué república?, pensó Keuschnig. Contar le alivió: se sentía incluido y al menos tenía la sensación de ser un coetáneo.)

No quería ir todavía a casa. Si llegaba demasiado pronto, Stefanie no estaría preparada para recibirle. (También él tenía que ensayar hoy el reencuentro con Stefanie y la niña.) ¿Quizá las sorprendería haciendo algo si abría antes de tiempo la puerta? Compró en el quiosco de la Avenue de Marigny – donde mi *amigo,* pensó – un periódico y, sosteniéndolo sobre su cabeza para protegerse de la lluvia, fue dando rodeos, por las calles del distrito VIII, tan despacio como le era posible, sin angustiarse.

En una panadería casi vacía, una dependienta sola miraba con ojos grandes el espacio, fijamente. Compró un pan blanco ovalado y ella le atendió como ausente. Le devolvió dinero y al alejarse se fue limpiando las uñas. Cuando Keuschnig lo vio, se sintió eufórico. Pasó delante de un quiosco de lotería cerrado, como si hiciera mucho tiempo que lo estaba; dentro había una chaqueta de punto colgada de una percha. En una lavandería, las mujeres, con sus caras pálidas, estaban ya mano sobre mano, riendo de vez en vez. En un restaurante todas las mesas estaban puestas, pero todavía vacías; al fondo, en la esquina, comían el patrón y los camareros con los codos en la mesa, sirviéndose vino de unas botellas sin etiqueta. Un autobús, con los agarraderos columpiando, pasó a su lado, calle arriba, el interior lleno de vaho de los vestidos húmedos de lluvia que llevaban los viajeros, y se alejó como si se llevara algo suyo. ¡Tendré que inventar algo!, exclamó Keuschnig. Junto a la puerta del autobús ponía «Service Normal».

Siguió a una mujer que empujaba un carrito de la compra por la Rue de Miromesnil, curioso por saber qué sucedería si no dejaba de seguirla. Todo estaba muy quieto y Keuschnig notó de pronto cómo respiraba y espiraba profundamente. Suspiró. Los pocos ruidos eran como una confirmación, incluso de la propia tranquilidad: los tacones de la mujer, que a veces tropezaba en el pavimento; el zumbido de un portero automático algo más allá y el chasquido casi simultáneo de la puerta que se abría; una manzana que caía de su montón en el puesto Cours des Halles y rodaba a la calle... A Keuschnig le empezó a excitar la imposibilidad de ver el rostro de la mujer. La esperó delante de una carnicería; ella había dejado el carrito fuera. Un manojo de perejil asomaba por arriba. Pero se distrajo mirando el serrín apelotonado, después de una larga jornada, en el suelo de azulejos de la tienda, y cuando levantó por fin la vista la mujer desaparecía en otra calle más ruidosa. Keuschnig la persiguió hasta los Champs-Elysées y entró tras ella en los almacenes Prisunic. Le tranquilizó subir y bajar escaleras escuchando la música y los anuncios de Radio Prisunic: su vida personal se evaporaba. – Cuando la mujer, que esperaba mientras le envolvían en el puesto de alimentos para animales unos botes de pasta de pescado en una bolsa de papel marrón, se volvió; Keuschnig apenas tenía ya curiosidad por verle la cara. Ella hizo una mueca, como si no hubiera tenido demasiado interés por él. No le veía a él, sino a un *tipo parecido* a él. Hasta ahora mismo me dolía realmente imaginar que en un momento esta mujer desaparecería para siempre de mi vida, pensó Keuschnig: y ahora esta estupenda sensación de no haberme perdido nada. Aliviado, fue a fotografiarse en el fotomatón. Como se trataba de fotos en color, los flashes eran tan potentes que los sintió cálidos en el rostro, como una caricia agradablemente objetiva – Entonces cerró el Prisunic y Keuschnig tuvo que salir de nuevo a la calle.

En el Carré Marigny se sentó en un banco junto a los juegos infantiles, en espera de un suceso inesperado que le diera por fin la oportunidad de reflexionar sobre sí mismo; porque cada vez que intentaba reflexionar deliberadamente, dejaba de creer en sus propios pensamientos – no eran suyos. Como sucede generalmente en París, la lluvia había cesado pronto y, en los últimos rayos de sol, los charcos relucían en la arena. Las palomas se habían refugiado en los árboles. Keuschnig estaba sentado sobre el periódico extendido, mirando de frente para no notar nada extraordinario. En el suelo resultaba todo tan próximo. El follaje oscuro de los paseos de castaños, más allá la punta del tejado del Grand Palais y a la derecha la punta de la Torre Eiffel: no agobiaban. El sol se puso y al momento las cosas comenzaron a relucir por sí mismas, mientras caían las sombras en el aire que flotaba entre ellas. Durante un rato las cosas brillaron violentamente, como si se deshicieran en energía luminosa. En la penumbra vibrante Keuschnig no distinguía los detalles. Un nuevo sistema había descendido. Luego el refulgir desapareció, pero las cosas conservaron la claridad, aunque sin irradiar ya nada, y la penumbra entre ellas se volvió de nuevo luz diurna. – Y esta luz no quería desaparecer. Nada quería desaparecer. Un infernal mundo cotidiano se instaló, como si fuera para siempre. Keuschnig tuvo la sensación de que este día no iba a terminar nunca. Los árboles, permanentemente en movimiento en la luz vacía y eterna, le hacían daño a la cabeza. Los objetos parecían tan inamovibles que ya solo verlos era como una conmoción cerebral. Intentaba esquivarlos como si se tratara de un castigo físico. Si se le ocurriera correr hacia los columpios infantiles para ponerlos en marcha de una patada, chocaría contra ellos, porque – como todas las cosas a esta hora – estaban cerrados, atados y atornillados. Los columpios tenían pequeños relojes de arena, en los que la arena no volvería a correr hasta que un niño pagara la utilización del columpio: hoy ya no sucedería. Keuschnig maldijo esa luz mortecina, en la que se sentía como su propio fantasma. Sacudió las manos, presa del asco. Quiso quejarse de este mundo, otra vez tan pelado, estéril, mojado y diminuto. Por favor, que venga la noche, pensó con la cabeza atronada...

Una mujer con un bolso de compra rebosante cruzó resueltamente el Carré. ¡Eh, tú, mírame!, pensó Keuschnig. Nadie quiere mirarme... Dentro de unos momentos esa mujer, en casa, en su horrenda cocina, no tendría reparos en verter aceite, dorado hasta la náusea, en la sartén caliente. Luego el chisporroteo estúpido – como para taparse los oídos – cuando echara el grotesco trozo de carne en la sartén... y después, como el amén en una oración, el aroma que invadiría a los inocentes transeúntes con su familiaridad sórdida, apenas superable. Keuschnig imaginaba a la mujer presentándose ante su compañero con el inevitable guante floreado de cocina en una mano; él, indudablemente, la esperaría con un aperitivo en la mano, en el *cuarto de estar* (o en la *biblioteca*); ella le comunicaría, inconmovible, que la comida estaba lista (quizá diera dos golpecitos breves y dos largos en la puerta del *cuarto de trabajo* de él). El hombre cogería el inevitable sacacorchos... y ella tan desvergonzadamente segura de sí misma, pensó Keuschnig, ¡en vez de hundirse en la tierra ante una inevitabilidad tan masiva! – De pronto imaginó numerosos procesos simultáneos en los diferentes barrios de París: en el *barrio turístico* de St-Germain-des-Prés las *pizzas* eran zarandeadas en los platos, los turistas hambrientos habían leído indecisos los menús a la puerta de varios restaurantes; en el *barrio obrero* de Ménilmontant los trabajadores bebían su cerveza en un verdadero *bistrot* de trabajadores, llamado Au Rendez-Vous des Chauffeurs, donde también hoy habían acudido algunos intelectuales; en el *barrio de extranjeros,* Belleville, se agrupaban al aire libre los negros, algunos con chilaba, con una lata de cerveza en la mano; en el *barrio de los ricos,* Auteuil, los camareros de los pubs con capitonés al estilo inglés preguntaban a los hijos e hijas de los burgueses si querían cerveza francesa o extranjera; − por toda la ciudad danzaban las luces de máquinas *flipper* sin utilizar, tintineaban y chasqueaban las utilizadas, murmuraban los plátanos y castaños de los bulevares, serpenteaban entre los vagones de metro los tubos de acoplamiento, se miraban a los ojos las parejas de enamorados, seguían los anillos de cebolla reblandecida bajo las *hamburguesas* en los aún existentes Wimpys − y todo esto, pensó Keuschnig mirando fijamente con ojos enrojecidos la luz siempre constante, sucede año tras año con la misma inevitable, previsible, mortalmente aburrida y criminal exclusividad con la que esta mujer, personalmente quizá hasta bonancible, prepara en estos momentos, por ejemplo, un entremés de aguacate a la vinagreta.

Keuschnig deseaba no estar en ningún sitio, no quería nada. Había que abolir todo. «No creo en Dios», dijo, sin pretender decir nada. (Antes también solía decirlo, así, sin más.)

79

La noche caía y Keuschnig por fin estaba solo. Estiró las piernas, extendió los brazos sobre el respaldo del banco y pensó: ¡Qué maravillosamente solo me siento! Y realmente rechinó los dientes. Aún pudo pensar: no solo es necesario – también tengo ganas de verlo todo en conjunto. El viento comenzó a soplar con más fuerza y Keuschnig se perdió...

Al cabo de un rato notó que, por primera vez en aquel día, reinaba el silencio en su cabeza. Durante todo el día había estado prácticamente hablando sin parar. Ahora solo escuchaba. La hierba lacia al borde del campo de juegos... Aguzó el oído. El viento cesó. Al levantarse, los árboles se mecieron y Keuschnig tuvo una extraña y tranquila sensación de vida. La hierba se enderezó temblando. Los coches circulaban incesantemente detrás de los árboles, en los Champs-Elysées; de vez en cuando un bocinazo o el petardeo y el bramido de una moto adelantando a los coches. Keuschnig estaba borrado y, sin embargo, allí seguía.

Entonces tuvo una vivencia – y mientras la registraba deseó no olvidarla nunca. En la arena, a sus pies, vio tres cosas: una hoja de castaño, un trozo de espejo, un pasador de pelo infantil. Habían estado todo el rato así, pero de

pronto formaron un conjunto extraordinario.
– ¿Quién dice que el mundo ya está descubierto? – Estaba descubierto solo en lo que se refería al misterio, con el que algunos defendían sus certezas frente a los otros; en todo caso, no había secretos artificiales con los que se le pudiera chantajear: ni el secreto de la santísima comunión ni el del universo; todo misterio superior era como el misterio de la araña negra o el misterio del pañuelo chino – hecho para asustar. Pero los objetos soñados, que veía en el suelo, no asustaban. Le daban, por el contrario, tanta confianza que no podía quedarse quieto. Frotó los talones contra el suelo y rió. Yo no he descubierto en ellos ningún misterio personal para mí, pensó, sino la idea de un misterio válido para todos. «Lo que los nombres no transmiten como concepto, lo transmiten como ideas.» ¿Dónde había leído esta frase? No necesitaba misterios, pero sí la idea de estos – pues si poseía la idea de un misterio no necesitaba esconderse tras todos los misterios falsificados de su miedo mortal. Keuschnig se estremeció de dicha ante ese pensamiento. Se sintió de repente tan liberado que ya no deseó estar solo. Se acercaría a alguien y le diría: «No necesitas tener secretos ante mí». La vista ratificadora de aquellas tres cosas maravillosas, que yacían en la arena, le insufló una desvalida ternura hacia todos, pero no sintió necesidad de superarla, pues le pareció lo más razonable. «¡Tengo un futuro!», dijo triunfante. La hoja de castaño, el trozo de espejo y el pasador se aproximaron más – y con ellos tam-

bién se aproximó todo lo demás..., hasta que no hubo nada más. ¡Proximidad por arte de magia! «Puedo transformarme», dijo en voz alta. – Golpeó el suelo con el pie, pero no se trataba de una aparición. Miró a su alrededor, pero ya no veía ningún enemigo. Como ya no tenía que pedirles más a aquellas tres cosas, les echó arena encima. Quiso guardar la hoja de castaño, ¿como recuerdo? No era necesario acordarse: tiró la hoja. Entonces dio un mordisco al pan blanco. Ahora puedo permitirme tener hambre, pensó echando a andar, porque por fin he tenido una *idea*. – De nuevo se sintió todopoderoso, pero no más poderoso que cualquier otro.

¡Qué día tan fantástico el de hoy! Incapaz de andar, Keuschnig corría. A las nueve debía estar en casa. Únicamente con un taxi llegaría a tiempo, antes que el escritor austríaco. Pero después pensó: *Quiero que me sucedan más cosas,* y se paró delante de un castaño con una franja clara de cielo detrás, que de pronto le gustó mucho. Esta vista me la he merecido, pensó Keuschnig, y contempló largo rato las hojas bamboleantes. – En un autobús le sucederían más cosas que en un taxi, así que en la Avenue Gabriel tomó el autobús de la línea 52, que iba desde la Opéra directamente a la Porte d'Auteuil.

En el autobús pensó: quizá me parece que hace tiempo – al menos hasta la noche pasada – que no me sucede nada, porque me adelanto a imaginar lo que es una aventura. Como si se tratara de un folleto turístico: un único objetivo se presenta como aventura. Para el folleto, la aventura será un fuego de campamento – para mí lo será el agua que corre al borde de la acera, la superficie suave y lisa de la crema de zapatos en una lata nueva, la cama recién cambiada, una persona anciana aún curiosa. – No tener que depender de estas seguridades de aventura, pensó.

Keuschnig iba solo con un trabajador norteafricano en el autobús. El norteafricano estaba borracho. El autobús circulaba muy deprisa, porque apenas si esperaban viajeros en las paradas. Cuando entró, sin bajar de velocidad, en la Avenue Friedland, el hombre vomitó en el pasillo. El conductor acercó el vehículo al bordillo de la acera y, sin una palabra, abrió la puerta de salida. El borracho hablaba alto en su idioma, pero sin dirigirse al conductor. Keuschnig hizo como si mirara por la ventana. Ninguno de los tres hombres en el autobús se miraron. El norteafricano comenzó a dar voces. El conductor apagó el motor. Ahora es demasiado tarde para decir algo, pensó Keuschnig. De repente notó que el borracho le miraba y le hablaba. Keuschnig le devolvió la mirada, como si no pasara nada. El norteafricano se calló y descendió; el autobús reemprendió la marcha. El conductor no dijo nada; parecía no necesitar una confirmación. Keuschnig contempló el charco de vómito en el suelo, con las salpicaduras alrededor, espejeándose en la luz estridente y blanca, y le pareció que le estaba destinado a él. – En la próxima parada, mucho antes de llegar a Auteuil, bajó del autobús. Al bajar dijo al conductor, trabándosele la lengua: «Monsieur, vous n'êtes pas gentil».

Como ya no veía al borracho, solo sentía lástima de él – mientras que antes también había sentido fastidio. Si no hubiera voceado, le hubiera ayudado, pensó Keuschnig. Pero como se defendió furioso, perdí la compasión por él. ¿Por qué esta contradicción? ¿Acaso mi compasión no era más que compasión para conmigo mismo – al ver a un humillado me acordé del niño que se dejaba humillar sin rechistar? Testigo de una humillación: también el testigo se sentía como si le hubieran sorprendido en flagrante delito. – Keuschnig se escabulló. Bajó las escaleras de la próxima estación de metro; en Trocadéro cambió rápidamente y, en el acostumbrado vagón de la línea 9 a Auteuil, se sintió nuevamente a salvo.

Sin pensar expresamente en ello, iba notando en todo el cuerpo las diferentes distancias entre las estaciones. Como siempre, la distancia entre la Rue de la Pompe y La Muette le pareció tan grande que, como siempre, le sorprendió en La Muette no estar una estación más allá, y entre Jasmin y Michel Ange-Auteuil también hoy se colocó maquinalmente demasiado pronto junto a la puerta de salida, a pesar de que el metro, como siempre, únicamente perdía velocidad porque entraba en una curva. – Cuando por fin aparecieron en blanco sobre fondo azul las palabras «Michel Ange-Auteuil», Keuschnig las vio como la meta de un largo y penoso viaje – Las cosas eran más o menos como solían ser. Pero Keuschnig no pensaba ya en eso, sino que lo registraba con una conciencia accesoria. Como si alguien dependiera de ese gesto, intentó que el billete usado cayera exactamente en la papelera. El billete cayó fuera... Keuschnig ya estaba en la barrera, pero volvió sobre sus pasos, cogió el billete del suelo e hizo varios intentos hasta que logró dar con él en la papelera.

Ya casi estaba en casa. Dio un rodeo por la Place Jean Lorrain, donde había mercado tres veces por semana. La plaza estaba vacía. De la pequeña fuente que había en el centro caía un chorro silencioso en la pila. El chorro caía tan redondo, tan transparente, que Keuschnig metió la mano para desbaratarlo. Sobre el asfalto había hojas de plátano; a su alrededor, el suelo, ya seco en otras partes, seguía húmedo. Oscurecía. Solo en los agujeros, en los que habitualmente se clavaban los toldos del mercado, brillaba en el agua aceitosa el cielo todavía luminoso. Un ciclista con la dinamo zumbando torció en una calle adyacente. Keuschnig vio las sombras agigantadas de unos abrigos sobre la cortina de una ventana de restaurante. Al borde de las aceras, el agua había desaparecido y los gorriones bebían en pequeños charcos. Keuschnig recordó de pronto un pájaro que acababa de ver revoloteando en un pasillo del metro. Levantó la cabeza y vio los focos que desde la lejanía del Arco de Triunfo barrían el cielo ya anochecido. Luego pasó con los ojos bajos delante de los zócalos de las casas, casi blanqueados por los cepillos de los porteros y que los perros volverían a ensuciar con sus pises.

Keuschnig se hallaba delante de la puerta de su casa y, como no sabía cómo debía comportarse y en qué orden, sintió náuseas. No comprendía cómo había encontrado a diario el camino a su casa; que no hubiera desaparecido ninguna vez. ¿Por qué había sacado ya en el metro la llave de casa del bolsillo? Tengo que ensayar mentalmente lo que voy a hacer ahora mismo, pensó. Primero, desde luego, dejaría la cartera en el recibidor. Luego habría que esperar (y no que temer, como en el cuento) que la niña le saliera al encuentro y pudiera utilizarla como pretexto ante los demás. Si la niña no aparecía (porque ya dormía), compondría rápidamente un rostro adecuado en el reci-

bidor y se presentaría sin movimientos super-
fluos – recuerda a la florista. No esperaba nada
ni le alegraba ver a nadie. Cuanto más se acercaba a ellos, tanto menos tenía en común con
ellos. Mientras giraba la llave, primero y con intención en la dirección contraria, y carraspeaba,
tuvo la sensación de que se acercaba a jeroglíficos
grabados desde hacía tiempo en la piedra, que él
ya no comprendía. Dentro de un momento tendría que oír a su mujer decir: «¿Cómo estás?», sin
poder darle un golpe. Movió la mandíbula de un
lado a otro y se relajó; sonrió preventivamente
para que al menos él tuviera la sensación de pare-
cerse a sí mismo.

Las distancias dentro del piso eran tan
grandes que a medio camino olvidó su papel.
La cara se le vació y tuvo que iniciar una nueva
sonrisa. Cuando quiso dar la mano a la acom-
pañante del escritor agarró solo su dedo meñi-
que – que estrechó efusivamente. Tampoco logró atinar con su mujer, que, imitando a las
francesas, le ofreció a derecha e izquierda sus
mejillas. ¿Por qué llevaba otra vez esa blusa con
la corbata de la misma tela, por qué la misma
falda abierta a un lado? Simultáneamente preguntó: «¿Dónde está Agnes?» «Quería esperarte
—dijo Stefanie—, pero se cansó de tanto esperar...» «Sí, ya.» Keuschnig no pudo soportar
que terminara la frase que él ya conocía de an-
temano. Maquinalmente dio la vuelta al pan
que llevaba en la mano y se vio el mordisco que

87

le había dado. El escritor sacó una libreta del bolsillo y escribió algo en ella; luego sonrió satisfecho. ¿Por qué Stefanie se sentaba otra vez con su actitud de anfitriona, con una mano en la mejilla y el codo apoyado en la palma de la otra mano? «Voy a ver si aún está despierta», dijo Keuschnig para apartar del escritor su rostro, que le traicionaba. «Pero no la despiertes, si...», Keuschnig interrumpió a Stefanie acercándose a su blusa, como si hubiera descubierto algo en ella. ¿Por qué Stefanie hablaba tanto?

La niña estaba cantando en su cuarto. Keuschnig logró entrar sin que se diera cuenta. ¿Qué hago aquí?, pensó distraído. Al acercarse a la niña afirmaba algo que ya no tenía vigencia. Tengo que reflexionar sobre ella para volver a sentir algo por ella. – Agnes cantaba más alto, gritaba cantando. Luego se tranquilizó, jugaba haciendo diferentes ruidos con los labios. Keuschnig se puso en cuclillas y en el cuarto oscuro se expandió la tranquilidad que venía de la cama. La niña aún sacudió un pie... Por fin dormía, pero el sueño profundo no empezó hasta después de un largo suspiro. Keuschnig se incorporó, impregnado y consciente de una tristeza nunca sentida. Esta tristeza le hizo perder el miedo a los otros. Se alegró de reunirse con ellos. Todo atención, se sentaría y les podría mirar a la cara. «Se ha dormido tan profundamente que dormirá hasta mañana sin despertarse», dijo luego lleno de placer, por decir también algo superfluo. Era como después de una disputa, cuando los participantes en ella solo dicen lo que se sobrentiende para demostrar al oponente que ya se habla otra vez con él. «¡Vaya viento el de hoy!», dijo convencido, y cuando la amiga del escritor contestó: «Me ha destrozado el peinado», pareció que se restablecía una confianza general. No le importó desdoblar la servilleta sobre la rodilla; y con ternura oyó preguntar a Stefanie: «¿Algún aperitivo?». Poder decir a todo que sí significaba la armonía – El escritor, mientras tanto, seguía tomando notas. «¿Eres de la policía?», le preguntó Keuschnig.

El escritor era muy gordo y algo mayor que él. Sin ser precisamente torpe, parecía destruir todo lo que utilizaba. Encendía, por ejemplo, una cerilla y al mismo tiempo aplastaba toda la caja... Después de guardar el cuaderno de notas no hizo más que hablar de sí mismo como para desquitarse. «Yo no tengo nada especial que contar», decía. «No siento curiosidad por nadie. Hubo un tiempo en que había llegado al punto de que cuando alguien me decía: "Usted es escritor, ¿verdad? – escriba usted sobre mí", yo pensaba: ¿Y por qué no? Ahora me dan náuseas cuando alguien empieza: "Mi madre tocaba el piano...". Cuanto más me doy cuenta de lo mucho que tengo en común con todos, tanto menos solidario me siento con uno

determinado. Cuando oigo eso de "la solidaridad como meta", me dan arcadas. En la escalera de unos servicios, una mujer me habló de su
vida y quise preguntarle: Tú, con tu cara pequeña, ¿qué derecho tienes a decir *yo*? En la calle, cuando veo a la gente que me viene de frente, pienso: Cuántos destinos diferentes, y todos
igualmente aburridos. A veces tengo ganas de
preguntar a la mujer de los periódicos por su
trayectoria social – pero solo para burlarme. En
un café, una mujer telefoneaba en la barra en
voz bastante alta y yo me tapé los oídos porque
no quería ni enterarme de la historia. O las
conversaciones en las "mesas vecinas" que alguna vez nos divirtieron: ¡qué harto estoy ahora
de esas experiencias de entrometido! Veo una
columna de automóviles y pienso: Esta gente
no me volverá a interesar nunca. Ayer estuve en
Neuilly, en casa de un industrial, y cuando su
mujer dijo: "Me gusta tanto observar a la gente; por ejemplo, sus manos", luego añadió: "Mi
doncella portuguesa tiene hoy el capricho de
estar de mal humor, pero yo deseo armonía a
mi alrededor, al fin y al cabo yo tampoco exhi-
bo mi estado de ánimo" – entonces pensé con
desolado hastío: Oh, Dios, ahora empieza a de-
senmascararse. Esta mañana vi la esquela de alguien desconocido para mí y pensé inmediatamente: ¡Ah, por fin ha muerto, el muy cerdo!
Una vez me visitó un tipo y me dijo: "En mi
casa hay tanto polvo", y pensé que en mi casa
había mucho más, pero no dije nada por no
ayudarle.» (El escritor se interrumpió y dijo

sorprendido: «¡Pero si este tomate estaba muy bueno!».) «No quiero observar a nadie más —continuó—. Hace poco me pregunté, contemplando a la gente de la calle: ¿no debía observarlos quizá en su trabajo o en su casa? Pero ya sabía que allí se presentarían de manera aún más previsible que aquí en la calle... Un tipo vino a quejarse de su vida, pero yo le dije que prefería mirar el partido de fútbol en la televisión. Me encontré con una bella mujer. – Otra de esas, pensé. Cuando por vieja costumbre se me ocurre observar a alguien, pienso de pronto: ¿Y qué me ocurre a mí mismo? Me aterra mirar a derecha o a izquierda: por todas partes acechan cosas que quieren ser vistas. Una vez un jersey anudado al cuello, otra el humo de coque de los jardines. Antes de encontrarme con alguien me proponía prestarle la máxima atención – luego, cuando lo tenía delante, me decía: ¿Y por qué?, y fastidiado miraba un buen rato su cara aburrida... Me asombra que se puedan ver imágenes en las estrellas. Yo no consigo reunir estrellas sueltas en constelaciones. Así que tampoco tengo idea de cómo condensar fenómenos sueltos en constelaciones de fenómenos. ¿Os habéis dado cuenta de con qué frecuencia utilizan algunos filósofos las palabras "reconciliar", "guardar", "rescatar"? Lo que hacen es reconciliar los *conceptos,* rescatar los fenómenos gracias a los *conceptos* y guardar los fenómenos rescatados por los conceptos en las *ideas.* Yo conozco las ideas, pero no me siento guarecido en ellas. No las desprecio, pero sí a los que se sienten guarecidos en ellas – sobre todo porque allí están a salvo de mí. ¿No te pasa a ti igual, Gregor? ¿No te sucede alguna vez que despiertas y ha desaparecido el contexto?» – «Oh —dijo Keuschnig inmediatamente—, cada día me alegro de estar vivo y me siento más curioso que nunca. Gustosamente hubiera respondido a tu pregunta diciendo: "Sí, también a mí me pasa eso", porque sé que dependes de ello. Pero yo no puedo permitirme pensar que lo que hago no tiene sentido».

– «Es curioso —dijo el escritor, llenándose el vaso hasta que el vino tinto rebosó sobre el mantel—, me siento verdaderamente ofendido cuando a los demás no les va como a mí. Solo soy solidario con la gente que no encuentra sentido a sus actividades. Y precisamente en el último tiempo he encontrado muchos tipos así y los he ratificado en su actitud. Había contado también contigo en mi estudio de mercado. ¿No se te puede coger por ningún lado?» – «Casi hubiera caído en tu trampa —dijo Keuschnig—, pero me di cuenta de que mientras te quejabas extensamente me observabas con atención y hasta con sorna. Lo conozco por mi hija: en pleno llanto observa sin pestañear cada detalle de mi rostro, ¿cómo voy a creerte, además, que no tienes curiosidad por nadie si tomas notas, como hace un rato?» – «No apunté nada referido a ti – contestó el escritor. Me llamó la atención que mi única experiencia del día había sido el *consommé madrilène* que había comido al mediodía. Así que de momento puedes estar tranquilo por lo que a mí se refiere». – «Quizá intercambie papeles contigo cualquier día —dijo Keuschnig—. Debe de ser una sensación de triunfo quejarse así delante de otros». – «Sobre todo alivia a los otros», dijo el escritor. – En ese momento Stefanie preguntó: «¿Qué signo del zodiaco tiene usted?». Y todos menos Françoise, la mujer que había venido con el escritor, empezaron a reír. Al escritor le salieron mocos de la nariz de tanto reír.

Mientras ellos reían, Françoise dijo con gravedad: «Me gustaría describir mi vida, porque cada día comprendo más y más todo lo que comparto con la gente de mi edad, especialmente con las mujeres. En el fondo no he vivido más que cosas corrientes, pero como si fueran muy especiales. Al recordar mis vivencias personales resulta que siempre aparecen como consecuencia de los sucesos políticos del momento. El día en que los vietnamitas del norte tomaron Dien Bien Fu, mi padrastro se emborrachó y me violó. El que luego sería mi marido aprovechó un atentado de la OAS para dirigirme la palabra en el autobús. Al finalizar la guerra de Argelia tuvimos que cambiar de casa, porque nuestro piso pertenecía a un propietario agrario de Argelia al que se lo habían expropiado y ahora lo necesitaba. Cuando Francia abandonó la OTAN, yo perdí mi puesto de secretaria en una base aérea americana. En mayo de 1968, mi marido se fue a vivir con otra mujer... ¿Quizá los acontecimientos generales determinan mis propias experiencias porque soy una mujer? Son casi exclusivamente experiencias tristes; en el fondo, no son experiencias. Pero me han cambiado. Y cuando a los cuarenta años tenga cáncer o me encuentre en un manicomio, sabré por qué». – «Y las experiencias menos tristes —preguntó el escritor—, ¿las puedes explicar del mismo modo? Por ejemplo, ¿que quizá un día empezaste a amarme?» – «Los sindicatos han conseguido que solo tenga que trabajar media jornada y, sin embargo, conserve un puesto fijo —contestó Françoise—; de modo que tengo menos asco al trabajo, menos miedo a perder mi puesto y más tiempo libre para los buenos sentimientos». – El escritor escribió algo en su cuaderno de notas. Dijo: «Acabo de recordar que hoy, en el restaurante, el camarero encargado de los vinos, cada vez que abría una botella, se llevaba el corcho a la nariz sin olerlo verdaderamente». – «¿Observaste los tacones completamente desgastados del camarero? —preguntó Françoise—. Creo que no quieres saber nada de nadie, porque lo especial, pero poco llamativo, que tú enseguida quieres descubrir en todo, se ha agotado. Ahora habría que descubrir lo inagotable, lo cotidiano, que tú pasas por alto asqueado». – «Lo aparentemente especial, que me sirve para ganarme la vida, no está agotado —contestó el escritor, mientras comía con la mano izquierda y escribía con la derecha en su cuaderno de notas, con tal violencia que hizo desplazarse la mesa—.

Desde hace unos minutos siento de nuevo curiosidad por alguien». Françoise le pellizcó la gruesa mejilla y él, de pronto, le metió un dedo en la oreja. «¿De quién se trata?», preguntó Keuschnig, que les había dejado hablar todo el tiempo con sensación de seguridad, casi con humildad, mientras miraba la verruga en el sobaco afeitado de Françoise. «De ti, querido Gregor», dijo el escritor, sin levantar la vista de su cuaderno. El bolígrafo se le rompió y enseguida sacó otro y se puso inmediatamente a escribir. Esta vez fue Stefanie la única que rió.

Ya llegó el momento, pensó Keuschnig, y el melocotón que estaba comiendo se le volvió insípido en la boca, «Hasta aquí, en Francia, la fruta ya no sabe a nada», dijo en voz alta. «Hemos estado hablando de ti antes de que entraras por la puerta», dijo el escritor. Keuschnig no preguntó nada, aunque estaba ansioso por saber qué habían dicho. «No hay nada que hablar de mí», dijo. Le molestaba que Stefanie le mirara de reojo. Pero no quiso darle la razón devolviéndole la mirada. ¡Todo menos sonreír, como si le hubieran cogido en falta! Pensó en la niña dormida y deseó dejar caer la cabeza sobre la mesa y dormir también. En el pasillo se oía correr el agua por una tubería del piso de arriba, y él de pronto se puso a hurgar en la cutícula de las uñas para ver la media luna que había debajo. Inmediatamente un bolígrafo hizo «clic» y Keuschnig se estremeció. La catástrofe, pensó. Ya han descubierto quién soy en realidad. Se levantó enseguida y cerró la cortina de la ventana para que al menos ningún extraño viera lo que iba a suceder. Se acordó de una frase de Stefanie sobre Agnes y otro niño, indecisos entre multitud de juguetes: «¡Han terminado de jugar!». Yo he terminado de jugar, pensó, y debajo del ojo se contrajo una vena casi agradablemente. Quiso prepararse, pero no supo cómo. Volvió a sentarse a la mesa, dándole cuerda a su reloj de pulsera. Ni una mota de polvo en su traje. Por fin el bolígrafo apuntó hacia él y Keuschnig no pudo evitar sonreír.

«Te he visto hoy en la ciudad —dijo el escritor lentamente, chasqueando repetidamente la lengua después de un trago de vino—. Estabas cambiado. Antes, cuando te veía de vez en cuando, tenías siempre el mismo aspecto, y, sin embargo, cada vez parecías otro – era una bonita sensación. Pero hoy estabas cambiado, porque intentabas desesperado parecer el mismo de siempre. Parecías tan afanosamente el mismo que me asusté, como ante una persona que ha muerto y cuyo vivo retrato vemos de pronto en la calle. Eras de tal manera el mismo que solo te reconocí por el traje. Desde luego no tiene sentido que me mires fijamente a los ojos: no me engañas. Cuando Stefanie te retiró el plato hace un momento, te pusiste a recoger inmediatamente con disimulo los guisantes que se te habían caído al comer. En el vaso de vino limpiaste a cada trago las huellas de tus labios y dedos, y una vez que la servilleta quedó sobre la mesa, dejando a la vista las huellas de la boca, la volviste rápidamente – como hiciste antes con el pan que habías mordido. No permites que haga nada por ti, Gregor. Ni siquiera dejas que te pase el salero – como si tuvieras miedo de que al hacer algo por ti alguien se acerque tanto que te desenmascare. ¿Qué escondes?».

Keuschnig hizo como si mirara al escritor, pero en realidad contemplaba cómo en la bandeja que tenía delante, y en la que Stefanie acababa de flambear unos *crêpes suzette,* se formaba en la salsa de alcohol aún caliente una pompa que luego reventó. Se llevó la punta del cuchillo a la frente y pensó: la conversación de antes era para que yo me sintiera inobservado. De pronto buscó en la mesa algo arrojadizo. ¡Ahora lo hago!, pensó, pero solo tiró una miga de pan al escritor. Ni siquiera Stefanie rió. Enseguida se haría odioso para siempre. Miró de verdad al escritor, implorante; pero aquel apartó la vista, no con compasión, sino con la sensación anticipada del triunfo seguro, con modesto orgullo ante el propio éxito; con una sonrisa elegante, apartada de su víctima, que aún vivía, aunque no lo supiera ya. De puro ridículo, le pareció a Keuschnig que se le caía la cabeza. Notó que, sin darse cuenta, había adoptado la expresión del escritor, la misma sonrisa satisfecha, los mismos párpados caídos – igualmente divertidos, se lanzaban de vez en vez miradas fugaces en el silencio general.

En este momento – tenía precisamente un hueso grande de melocotón en la boca – Keuschnig experimentó, totalmente consciente, algo que solo había soñado: se sintió como una cosa escandalosamente extraña que, sin embargo, todos conocían y de la que todos sabían todo – una criatura expuesta a la inspección como en un nido, mortalmente avergonzada, haciendo el ridículo de manera inmortal, extraída del contexto a medio empollar, convertida irremisiblemente en un saco de piel monstruoso, a medio hacer, una aberración de la naturaleza, un híbrido al que todo el mundo señalaría – ¡tan repugnante que habría que mirar a otro lado cuando se le señalara! – Keuschnig dio un alarido. Escupió el hueso del melocotón a la cara del escritor y empezó a desnudarse.

Desanudó cuidadosamente la corbata, colocó el pantalón con exactitud por el doblez sobre la silla. Los demás se habían levantado. El escritor le observaba. Françoise buscaba la mirada de Stefanie, que mantenía los ojos bajos. Keuschnig corrió desnudo alrededor de la mesa y se lanzó sobre Françoise, que aún intentó reírse. Se cayeron el uno encima del otro. Keuschnig metió ciegamente la mano en un plato y se embadurnó la cara con un resto de *ragout.* Casualmente rozó la pierna del escritor. «¡No te metas en esto!», dijo, y le golpeó. Keuschnig se levantó y empezaron a pegarse, lentamente, un golpe tras otro, mirándose a los ojos, en silencio, sistemáticos y obstinados como niños. Por fin Keuschnig notó que de un momento a otro se pondría a llorar, con alivio de no tener que seguir simulando, con pena ante su fin inminente. Ah, estoy llorando, pensó contento. Pero se volvió hacia Stefanie con gran satisfacción, apartándose del escritor: «Hoy por la tarde, en la embajada, he estado tirado en el suelo con una chica, de la que no conocía ni el nombre». Ella sonrió solo con una mitad de la boca, y él repitió la frase para aclarar que su intención era la peor.

Keuschnig, lavado y vestido de nuevo, invitó al escritor a un paseo nocturno. Las mujeres habían desaparecido en el cuarto de atrás y no se las oía. «Al venir hacia acá esta tarde por el Pont Mirabeau, el Sena estaba completamente tranquilo», dijo el escritor, «ni una ola». «Por hoy ya he tenido bastante agua», contestó Keuschnig. «Vamos por las vías del tren hacia Passy. Tengo ganas de andar, simplemente andar. No puedo hacer ya otra cosa.»

En silencio caminaron por el bulevar. Casi todas las ventanas de los edificios, bastante altos, estaban oscuras, en muchas las persianas estaban bajadas, los inquilinos de vacaciones; solo en las ventanas más pequeñas de las buhardillas había alguna luz. El bulevar, con la hondonada para la vía férrea, era tan ancho que desde el otro lado el ruido de sus pasos volvía en forma de eco. No se encontraron con nadie. En un coche al borde de la acera una pareja, en la oscuridad, miraba el vacío. En el cielo había nubes nocturnas, claras y teñidas por la luz amarillenta de la ciudad, con perspectivas negras hacia las estrellas. El viento era tan débil que en los árboles no se movían más que las hojas, y solamente las que estaban al final de las ramas. En la luz de las farolas, detrás del follaje, aparecían las ramas como un entramado sólido y negro, en torno al cual se movían levemente las hojas como iluminadas por dentro, en un juego de luces y sombras. Las hojas que giraban solo se oían si se prestaba atención: no era un murmullo, sino un leve, casi inquietante, hervir. Entre ellas crujía de vez en vez una sola hoja seca entre las otras verdes. Por el rabillo del ojo Keuschnig vio, en vez del follaje que se entremezclaba girando lentamente, montones de animales que se asomaban y retiraban bruscamente. De un árbol cayó de golpe un escarabajo de caparazón negro. En la acera había por todas partes meadas recientes de perro... A pesar de que no iba observando, Keuschnig se dio cuenta de que no se le escapaba nada. Se quedó parado y notó el viento como un aire fresco que le soplaba en las sienes.

Cuando pasaron ante la Rue de l'Assomption, recordó el Café de la Paix y a la mujer con la que se había citado para la tarde siguiente. Se sentó en un banco al borde del bulevar, con vistas a la larga y oscura Rue de l'Assomption, que, sin embargo, le pareció, por su nombre, inusitadamente prometedora. No deseaba encontrar una señal, pero sin querer había *experimentado* una. ¿La necesitaba? El escritor se sentó a su lado, ocupando tanto sitio que casi le echó del banco. Al cabo de un tiempo dijo: «De pronto siento ganas de volver a ver *Vértigo*, de Hitchcock; la torre de la iglesia española, con el cielo azul velado al fondo: ¡ahora mismo! Para una antología me han preguntado qué pienso sobre la oración, que parece redescubrirse ahora. ¿Tú has rezado alguna vez?». Keuschnig iba a contestar cualquier cosa, pero solo suspiró. Enseguida sintió satisfacción por no haber dicho nada. Soy libre, pensó. No tengo ya que hablar. Era como un desquite: poder callar por fin. Y rió sorprendido.

Siguieron andando, hasta la estación de Passy, y allí Keuschnig tuvo ganas de desaparecer en el oscuro Bois de Boulogne. Pero no quería andar más. Durante toda la noche la señal azul allá abajo, en la hondonada del ferrocarril, brillaría en vano... En el único café que aún estaba abierto, y donde bebieron coñac rodeados de sillas amontonadas sobre las mesas, el escritor contó que hacía poco, observando a un guitarrista, le había asombrado que no perdiera nunca el ritmo. «Seguro que ha hecho las paces con el mundo», dijo el escritor, llevándose un cigarrillo a la boca y rompiéndolo. De pronto ladró un perro en las calles silenciosas en torno a la Porte de Passy, y otro, casi en la Porte d'Auteuil, contestó, como hacen los perros de noche en el campo. En una de las casas completamente a oscuras se encendió y apagó inmediatamente la luz del cuarto de baño. Aunque ya había pasado medianoche, alguien dejó caer estrepitosamente una persiana. Las casas de los burgueses parecían ahora castillos inexpugnables. Más allá, en el Boulevard Périphérique, pasaban los coches, pero ninguno se acercaba. Aquello que cruzaba con patas claras la calle, ¿era una rata? El suelo de la acera brillaba como las escaleras del metro. Era el momento en que Keuschnig no sentía nada más que cansancio.

Volviendo a casa, el cansancio se transformó en miedo, y por miedo Keuschnig se volvió desconsiderado. Iba tan deprisa que por fin el obeso escritor quedó rezagado. Por miedo incluso se olvidó de las señales. Las raíces de los árboles, el aire en la parte del paseo que daba a la hondonada y que estaba sin empedrar, eran de por sí horrendas. Pero cuando llegó presa del pánico a casa, las dos mujeres con las cabezas juntas estaban sentadas fuera, en las escaleras, hablando bajo y sin hacer aprecio de él, en recogimiento hostil, mientras por la puerta abierta se oía música de guitarra.

No se apartaron cuando pasó junto a ellas para entrar en el piso. Las rozó al pasar, pero solo contestaron levantando el tono de voz. Les deseó la muerte.

Se sentó en el comedor, donde aún estaban los platos sucios. Muchos pensamientos revueltos, en frases enteras, pero todos inarticulables. Era inimaginable que alguna vez tomara de nuevo aliento para pronunciar una palabra. Pero era igualmente repugnante, por ejemplo, meterse ahora en la cama. Como un enfermo, no podía estar de pie ni tumbado, solo estar sentado inclinado hacia delante, sin moverse. Cerrar los ojos para no ver ya nada – pero hubiera necesitado párpados para todo el cuerpo. Tenía que escuchar cómo las mujeres, fuera, en las escaleras del portal, hablaban de él en tercera persona – «hombres como Gregor» – como si él ya no contara. Unos tipos que hablaban en español en el silencio de la noche pasaron delante de la ventana que estaba a la altura de la calle, y Keuschnig sintió un momento fugaz de anhelo y alivio. El escritor entró resoplando y se sentó enfrente de Keuschnig en el suelo. ¡Qué ridículo! Keuschnig registró su presencia sin levantar los ojos. En su presente de simulación omnisciente empezaron a pulular innumerables gusanitos en todos los orificios de su cuerpo: un picor insoportable, sobre todo en el miembro y en los agujeros de la nariz. Se rascó. En las orejas, el cerumen seco se desprendió de los conductos auditivos y fue a caer en otro sitio... Quisiera ver algo inocente, pensó: una persona de la que yo no conozca nada, de la que no sepa cómo será. – Por la boca del escritor oyó un chasquido, como si la lengua se despegara amenazadora del paladar para hablar – y efectivamente ya le oyó carraspear. ¡No decir una palabra! «Cuando todo está ensayado», dijo el escritor, «se puede salir del paso con tus gestos, pero en un caso serio tendrías que empezar a hablar». Keuschnig solo le mostró los dientes y el escritor decidió irse; sin embargo, no podía levantarse del suelo. Rodó de un lado al otro y al cabo de un rato llamó en su ayuda a las mujeres, que lo levantaron y salieron con él, sin decir una palabra delante de Keuschnig, sin reírse. Afuera se pusieron a hablar sin parar.

Keuschnig permaneció así, inmóvil, hasta que oyó cómo los invitados abandonaban esta «reunión sentada» en un taxi de motor diésel harto ruidoso. Oyó cómo Stefanie apagaba por todas partes la luz y entraba en el cuarto de baño. Sentado en la oscuridad oía cómo ella se limpiaba los dientes. Oyó cómo iba a su cuarto por el largo pasillo, cómo abría y cerraba la puerta. Oyó una cosa detrás de otra – el curso de los acontecimientos, sin poder pasar por alto o descuidar nada de lo sucedido en este día.

Después de un tiempo considerable se encontró de pie, sin saber cómo se había levantado, y fue donde ella estaba. La habitación estaba oscura. Respiraba como dormida. Keuschnig se quedó parado, apático, sintió sueño. Entonces ella dijo despacio y completamente despierta: «Sabes bien, Gregor, que yo te quiero», pero con tanta tranquilidad que Keuschnig se asustó. Encendió la luz y se sentó junto a ella. Tenía un aspecto tan ceremonioso y grave que no le pareció bien ver al mismo tiempo sus cosas esparcidas por el cuarto. Y, sin embargo, al mirar ese rostro las veía con mayor precisión que otras veces. Mientras se miraban, Keuschnig sintió el impulso de golpearle con la cabeza la barbilla. Ella empezó a sollozar, y él notó que tenía carne de gallina en los brazos. «¿Estás triste?», preguntó. – «Sí», dijo ella. «Pero no puedes hacer nada.» Se inclinó hacia ella y la acarició, temblando, sin segundas intenciones. ¡Qué fría era toda ella! Se excitó y se echó sobre ella. Ella le dio con el pie y le empujó de la cama al suelo. Casi satisfecho, Keuschnig se retiró de la habitación.

¡Efectivamente todo se había vuelto una broma! Encorvado y bizqueando, entró en el «dormitorio de los padres». Con desorden malicioso dejó caer el pantalón sobre una silla. Luego se sentó en la cama y se puso a leer las tres guías culinarias con un lápiz en la mano, para hacer de vez en cuando unos círculos en torno a las estrellas, coronas y gorros de cocinero. ¡Hasta el lugar más pequeño en el fin del mundo no quedaba tan remoto si había allí un restaurante recomendado! ¡Cuántos caminos de huida se le ofrecían! – Intentó recordar el día y notó que había olvidado ya la mayor parte de lo sucedido. Se sintió orgulloso de vivir todavía. La cabeza le pesaba y enseguida apagó la luz. Cuando la cabeza tocó la almohada, Keuschnig ya dormía.

Poco después despertó en una pared rocosa muy abrupta, de un sueño en el que había de ser asesinado. Keuschnig se despertó porque en el último momento se le ocurrió que él mismo era el asesino. Él era el que había de ser asesinado y el asesino, que entraba en la casa viniendo de la niebla. Estar despierto no mejoró la situación – el espanto simplemente quedaba desprovisto de objeto y de imágenes. Se había despertado estirado, los brazos apretados a lo largo del cuerpo, un pie sobre el otro, la planta sobre el empeine, con los dientes apretados, y sus ojos se habían abierto rápidamente, como los de un vampiro que despierta. Permaneció incapaz de hablar y de moverse, apestado por el horror de la muerte. Nunca cambiarían las cosas. No existía posibilidad de huida ni de salvación. Parecía que las costillas no protegían ya el corazón. Este latía como si no le cubriera más que la piel.

La habitación estaba tan impenetrablemente oscura que en sus pensamientos gimió de odio, asco, rabia – pero sin articular el más mínimo sonido. Había pensado que en un país extraño y en otro idioma los ataques de miedo de toda la vida asumirían otra significación, al menos no serían tan abismales, y que no estaría expuesto a ellos tan fatalmente como en su país de nacimiento e infancia, ya que aún no hablaba la lengua extraña con el cuerpo y vivía en Francia de una manera mucho menos física que antes en Austria... Como si estas reflexiones le hubieran devuelto la movilidad, empezó a golpear la cama, como cuando de niño golpeaba un objeto contra el que había chocado.

Entonces recordó con repugnancia que antes de apagar la luz había visto en la mesita de noche las huellas circulares del vaso de agua. Mañana tendría que limpiar lo primero esos círculos. También se acordó de los platos sucios, que aún estaban en el comedor. ¡Qué desesperadamente revuelto, qué definitivamente descuidado estaba todo! En la nevera, por ejemplo, había una lata de maíz abierta y nadie había puesto en una fuente los granos sobrantes, que pronto se estropearían en la lata. Los discos no habían sido guardados en sus fundas... ¡Y en el cuarto de baño, los pelos en el cepillo! Quien en tales circunstancias pudiera imaginarse un futuro tenía que estar loco.

Quería dormir. Quizá se produjera alguna novedad mientras dormía. ¡Necesito un hombre nuevo!, repetía, y los músculos se le contraían en todo el cuerpo. Así rezaba yo antaño, pensó sorprendido: mi oración consistía en desear algo sin articular palabra y con los músculos apretados. Fue a la ventana y abrió las cortinas.

De nuevo en la cama, Keuschnig sintió por fin un cansancio, en su opinión merecido. En otro piso un niño tosía, profundamente, desde el pecho y durante largo rato. Le debía de doler esa tos, porque lloraba un poquito, quizá en sueños, y jadeaba. Keuschnig encogió las piernas y se tapó la cara con las manos. Exceptuando la pareja de los porteros, no había hablado con ningún inquilino de la casa, no conocía a nadie. El reloj de la iglesia de Auteuil dio una hora completa. El niño volvió a toser; luego llamó a su madre repetidas veces. Keuschnig notó que involuntariamente llevaba cuenta de todo: sabía cuántas veces había tosido el niño, qué hora había dado el reloj de la iglesia, cuántas veces había llamado el niño... Sintiendo curiosidad, se durmió.

El próximo sueño trataba de su madre, que en sus sueños se volvía cada vez más real. Keuschnig bailaba con ella, bastante cerca, pero se resistía a tocarla, cuerpo con cuerpo, de modo que bailaba casi colocado a su lado. Despertó con las siguientes palabras en la cabeza: «cama de invitados», «espacio nortealemán», «visita al enfermo», «¡buena suerte!», «Taberna Austríaca», «horario del estómago», «hijita», «árbol Ginkgo» – todas ellas pronunciadas durante la velada anterior, y al recordar la pregunta de Stefanie en un restaurante chino: «¿cómo es el *chop suey*?», tuvo que volverse al otro lado para no vomitar. En el próximo sueño una corneja negra caía del cielo invernal sobre un oso. Mientras, en la cocina, en un gran puchero cocía carne en gelatina. Luego vio una muerta sin enterrar en una ladera, con sangre coagulada negra en la boca abierta, y le echó arena encima. Se encontró, una vez más, en un escenario sin saber su papel, aunque él mismo había escrito el texto. Despertó y vio por la ventana pasar un satélite parpadeando en el cielo grisáceo de la noche. Todo se acabó, pensó; no amo a nadie. En el sueño siguiente olvidaba, en una casa extraña, tirar de la cadena después de cagar y ya se dirigía otra persona al cuarto de baño. De pronto todos estaban contra él. Ahora corría solo por un desolado altiplano de los Alpes bajo las sombras veloces de las nubes; aún no sonaban disparos contra él. Había de nuevo guerra y el último autobús se lo llevaba a él, mientras su hija se quedaba fuera. Cuando despertó, la saliva le caía de la boca, de puro miedo. Luego cabalgaba sobre una mujer muy gorda, con la sangre de la menstruación en el vello de su sexo. Como había participado en un atraco de millones y no podía volver a su casa, iniciaba una nueva vida con un pasaporte falso y las huellas dactilares cambiadas. Este sueño fue tan lento que creyó que era real. Con una extraña alegría se enteró de que no había prescripción de delitos y que habría de continuar su vida de nadie hasta la muerte. Una noche importante, pensó aletargado. Sentía repugnancia ante el vacío y la inconexión de estar despierto. ¡Por favor, aún otro sueño, que quizá sea la salvación! Mientras en el piso de arriba sonaba la música del despertador de la radio, Keuschnig caminaba, en un sueño matinal en color, por un valle soleado tan inconmensurable y paradisíacamente transportado que era un doloroso placer. Las casas se habían convertido en hostales con mesas y bancos de madera en la hierba reluciente y simpática, el aire era tan suave como si fuera su elemento. Entonces volcaron en la cocina el puchero de gelatina. Sonaron truenos y, abandonado de todos sus sueños, Keuschnig despertó definitivamente frente a un cielo oscuro: nada más que un pequeño y despreciable malhechor que ya había perdido el sentido de los sueños. – Así empezó el día en el que su mujer le abandonó, su hija se perdió, deseó dejar de vivir y en el que finalmente algunas cosas sí cambiaron.

Tronaba y relampagueaba casi al mismo tiempo – de modo que Keuschnig no tuvo tiempo de reflexionar sobre sus sueños. La tormenta matinal le dio brevemente una sensación de patria – una sombría mañana de verano en el campo. – En el jardín interior de la casa vecina un hombre y una mujer hablaban con tanta calma y tan largas pausas, ¡que parecía que ya era otra vez de noche! O que fueran ciegos, pensó Keuschnig. En toda la casa corrían personas para cerrar las ventanas que acababan de abrir. Se apagaron los tocadiscos y las radios. Comenzó a llover, pero el murmullo del agua no le tranquilizó. La lluvia no era para él, caía para otros, en este país extraño. Sintió escalofríos desapacibles, porque el cielo no estaba ya tan oscuro. Su desorientación, su hastío, su desgana le parecieron de pronto *pereza*, y la sensación de culpabilidad que le proporcionaba esa pereza le hizo sentirse más hastiado, pero sin el convencimiento de tener razón que hasta ahora había tenido. ¿Puede explicarse esta mala conciencia ante la propia y profunda desgana con los orígenes, que nos incitan a ser exclusivamente trabajadores, porque así no puede ocurrir nada malo? ¿O con la religión? Basta de reflexiones explicativas. Era como si el mismo cerebro le diera la espalda.

Al menos, las cosas le sentaban bien esta mañana: en la tripa el agua de la ducha, debajo de la que hubiera seguido más tiempo; la toalla blanda, en la que de pronto olió el vinagre con el que hacía mucho le habían aclarado en otro lugar el pelo. Decidió no afeitarse. Era una decisión y le alivió. Luego, sin embargo, se afeitó y, orgulloso por esta segunda decisión, paseó por el piso.

En las habitaciones de delante encontró a Stefanie vestida con un traje de viaje gris. Estaba sentada delante de una mesa de piedra y escribía algo con letras de molde. «Solo espero a que pase la tormenta», dijo. «Me resulta tan indiferente – soy feliz y al mismo tiempo podría suicidarme, o escuchar discos. Únicamente me da pena por la niña.» Tenía una cara como si hubiera dormido en su desconsuelo, pensó Keuschnig. Y también pensó: ni siquiera ha lavado los platos antes de irse. Se asustó al ver sus ojos inmóviles de animal, sus fosas nasales dilatadas y negras, y no pudo articular ni una palabra. «¿Estás enfermo?», preguntó ella, como si fuera una esperanza y pudiera ayudarle, si por lo menos se declaraba enfermo. Pero Keuschnig permaneció mudo, y como seguía sin saber qué decir, pensó automáticamente: «¿Qué podría comprarle?». «Llama al taxi», dijo ella. El número del taxi era una de esas cosas que ahora le hacía bien: siete veces casi el mismo número. De pronto, mientras esperaba la contestación de la central de taxis, escuchando por el auricular «Eine kleine Nachtmusik», Stefanie se desplomó – sin protegerse con las manos. Keuschnig se inclinó sobre ella y le golpeó la cara. Por él podría estar muerta. «En cinco minutos», dijo la telefonista. Tuvo que reír. Stefanie seguía en el suelo y Keuschnig la recogió, sin poder respirar de insensibilidad. No quería que ella se marchara y, sin embargo, le resultaba molesta. – Cuando ella subió al taxi, pensó en decirle: Espero que vuelvas. Pero se equivocó y dijo, en el mismo tono con el que quería decir la otra frase: «Espero que te mueras». – El sol brillaba de nuevo. El cielo estaba azul, la calle casi seca. Solo en los techos de los coches procedentes del norte, aún nublado, temblaban gotas de agua. Sobre el Bois de Boulogne se extendía un ancho y luminoso arco iris. Para cualquier otra persona podría empezar ahora algo nuevo, pensó.

Keuschnig se acercó a la mesa de piedra y leyó la nota que había escrito Stefanie. «No esperes que yo te facilite el sentido de tu vida.» Se me ha adelantado, pensó humillado. Ya no podré decírselo *yo*. – De pronto se vio como el personaje de una historia narrada hace tiempo hasta el final. «Aquella mañana se despertó más pronto que de costumbre. Hasta los pájaros emitían sonidos, como en sueños. Prometía ser un día caluroso...» Así solían empezar las descripciones de últimos días. El arco iris seguía en su sitio, pero ahora deseó que desapareciera. Fue por el oscuro y largo pasillo al cuarto de la niña con la ridícula sensación de llevar el pañuelo en el bolsillo equivocado – en el izquierdo en vez de en el derecho. ¡Con qué imperturbabilidad seguía existiendo!

Desconcertado miraba a la niña dormida. La husmeó. Ella se volvió. Luego despertó con un suspiro sin verle. Exclamó en voz alta que quería comer un coco y siguió durmiendo. ¡Ha despertado con un *deseo*!, pensó. La niña volvió a abrir los ojos y dirigió la primera mirada lejos por la ventana. Keuschnig llamó su atención y ella le contempló sin asombro. Dijo que acababa de pasar una nube muy blanca. Disgustado vio la mancha de chocolate en la sábana – era inimaginable tener que cambiar hoy la ropa de la cama. Ella quiso decirle algo, y Keuschnig se inclinó hacia ella para demostrar su atención, pero no consiguió sino distraerse más. Ausente, la estrechó fuertemente. «No me olvides», dijo sin sentido. A veces se olvidaba de él, dijo ella. Él se alejó y se contempló en el espejo.

Antes de encender en la cocina el gas para calentar la leche, tuvo una idea obsesiva:

que se hallaban en la selva y que la cerilla que encendía era la última. ¿Lo conseguiría? Cuando vio arder la cerilla, se sintió muy calmado. Entonces tuvo otra idea obsesiva: había sido declarado un estado de excepción y no se podía comprar nada en un tiempo determinado. Con tranquilidad se asomó a la nevera, bastante vacía. Telefoneó al embajador y dijo que no podía ir al trabajo, que su hija estaba enferma. No provocar las cosas, pensó inmediatamente, y dijo que en el fondo no estaba enferma, que solo tenía que llevarla a vacunar. – ¿Y si gracias a mi mentira se pone enferma?, pensó luego, y fue a ver qué pasaba. La niña estaba en la cama, bostezando, lo que interpretó como una señal de tranquilidad. En cambio, el cubo de jugar volcado en el cuarto le alarmó. Cuidadosamente lo puso de pie. Encontró en el bolsillo del pantalón dos entradas ya antiguas para el teatro de marionetas del Jardin du Luxembourg y por unos momentos se sintió completamente seguro. Poco después notó que doblaba una sábana blanca delante del cuarto de la niña. Asustado se fue a otra parte con la sábana... ¡Un globo había perdido el aire durante la noche! Rápidamente volvió a hincharlo. ¡Seguro que el embutido que la niña comía en su cama no se llamaba por casualidad *mortadella*! Se lo quitó inmediatamente y le dio a cambio chorizo... Él mismo comía una pera con pepitas y rabo, como si fuera el hombre más despreocupado del mundo – necesariamente todo tenía que volver a su habitual equilibrio, ¿no? Para prevenir la próxima mala señal, levantó del suelo un libro y lo colocó muy derecho en el estante. Al intentar sacar pasta de un tubo de dentífrico, que creía vacío desde hacía tiempo, y ver que salía algo, Keuschnig se emocionó de que las cosas ahora acudieran en su ayuda.

Se sentó en el jardín interior, soleado de nuevo, y se puso a limpiar todos los zapatos a su alcance. ¡Ojalá no se acabaran nunca los zapatos! La niña le observaba en silencio y Keuschnig logró no pensar ya en nada. Y si pensaba en algo, los pensamientos eran como una agradable duermevela... Sintió una brusca felicidad al ponerse los zapatos calentados por el sol también por dentro. Pero luego su seguridad le pareció un simple estado de ánimo y se asustó y desanimó al mismo tiempo.

Iba de un lado a otro por el piso; recogía cosas, para guardar, y al cabo de un rato las ponía otra vez en el mismo sitio. Andando se quedó parado, dio una vuelta sobre su propio eje y pensó de repente que en su desconcierto y descontento estaba realizando una especie de danza. – No podía pasar delante de un espejo sin contemplarse en él. Disgustado, se apartaba de uno para asomarse al próximo. ¡Estoy bailando realmente!, pensó. Con esta ilusión consiguió, al menos, trasladarse de un extremo de la casa al otro, a través de los cuartos oscuros.

Quiso ver pasar el tren, cuando cruzara delante de su casa, camino de la estación de St-Lazare, desde la que se llegaba al mar en dos horas... Esperó en la ventana abierta y por fin un tren salió de la estación de Auteuil. Las bombillas encendidas en el interior de los vagones vacilaban en los cambios de vía. Como si fuera algo muy entrañable, exclusivamente dedicado a él, vio las anchas franjas amarillas en los vagones y las chispas azules bajo las ruedas... Los viajeros estaban sentados con los codos apoyados, los rostros tan relajados y pacíficos como si no fueran ya capaces de pensar en cosas malas, al menos durante los primeros cien metros que el tren dejaba atrás al salir de la estación...

Tenía ganas de salir. Pero Agnes quería quedarse en casa. Intentó vestirla. Cuando se resistió, casi la hubiera obligado violentamente. Con el puño se golpeó la cabeza, con tanta fuerza que se le saltaron las lágrimas. Luego se alejó y rompió papel. Tuvo la sensación de tener que embestir un muro con la cabeza y ¡sin convicción!

Comenzó de nuevo el ir y venir. Agnes pintaba y comía ruidosamente un trozo de pastel. De pronto se vio a sí mismo tirando un cuchillo contra ella. Se acercó rápidamente y la tocó. Ella le apartó, sin hostilidad, simplemente porque la molestaba en sus ocupaciones. Keuschnig deseó tirarle el agua sucia de pintar a la cara. Si al menos pudiera contarle la historia de ayer, de cómo el mundo le había obedecido sumisamente. Lo intentó, pero sus pensamientos estaban en otro sitio – ni siquiera en otro sitio, no estaban en ningún sitio – , y se iba equivocando en cada frase. Ella se reía de sus errores y le corregía. «¡Anda, vete!», le dijo. De pronto Keuschnig tuvo miedo de matarla de un puñetazo. Se marchó lejos, muy lejos, haciendo visajes. Le pareció que solo por la idea de pegar a Agnes había perdido para siempre el derecho a estar a su lado. El revoco de las paredes le pareció viscoso, como si fuera a caer inmediatamente en montones al suelo. Ni siquiera en el retrete, donde en otras ocasiones, nada más correr el pestillo, había respirado feliz y desahogado, se sintió ahora cobijado. Estuvo un rato así, sentado, demasiado apático para expulsar la mierda; fue a otro sitio, donde se quedó parado sin saber qué hacía allí. Recordó una respuesta que Stefanie le dio cuando una vez le preguntó si no quería irse unos días, por ejemplo, a Londres: «No quiero estar sola en Londres». Y yo estoy aquí, pensó, como una mujer en la habitación de hotel de una ciudad desconocida. ¡La niña me impide reflexionar! Pero ¿quizá podría aprender de ella precisamente otro tipo de reflexión? Se sintió solo de una manera poco apetecible.

En una brusca imagen retrospectiva, un gusano partido en dos se retorcía en un surco recién arado. Durante un rato Keuschnig, con la cabeza inclinada, estuvo dando vueltas y más vueltas. La niña tenía unos deseos tan naturales: que su padre le hiciera un avión de papel – que jugara sencillamente con ella. Pero a él le resultaba imposible jugar ahora, realizar los deseos naturales de su hija. Todo lo que él había tirado a la papelera lo volvía a sacar ella... Llamó a información y escuchó la voz intolerablemente violenta de un hombre, al que imaginó dando la hora, gordo y sentado en una hamaca. Volvió a andar en círculo, con el corazón cada vez más apesadumbrado; de cuando en cuando gritaba a la niña que le dejara en paz. ¿A quién podría pegar un puntapié? Keuschnig andaba, veía, respiraba, oía – ¡lo insoportable era que, encima, vivía!

Sin querer leyó, mientras andaba, un impreso tirado por allí. Al leer las palabras impresas al final de la hoja: «Le saluda atentamente», se sintió de pronto aludido personalmente y animado. Ávidamente volvió a leer todo el texto: «Le felicitamos, ha hecho usted una buena adquisición». Encontró una postal que le había mandado su mujer durante las vacaciones: «La última noche soñé contigo y ahora pienso en ti». Leyó todas las cartas de los últimos días. Con qué bondad le escribían, con qué anhelo – como si la gente, en verano, con tiempo libre, no solo durmiera más y tuviera sueños más bonitos, sino tomara también más en serio las cosas soñadas. – Sin embargo, le irritaba ya el simple hecho de reconocer la letra en un sobre. Deseaba una carta de una persona desconocida.

Lavó los platos de la noche anterior, planchó unos pañuelos y cosió un automático en un vestido de Agnes. Durante un rato se sintió muy satisfecho y fue varias veces a contemplar el trabajo hecho. Se acordó de Stefanie: qué agradecida se sintió, ella que hasta entonces había vivido casi exclusivamente con sus padres, o en el internado, en aquella salida al restaurante con él por no tener que comer todo lo que tenía en el plato. Le había mirado con lágrimas en los ojos.

Simuló alegría, silbando y canturreando – para que Agnes, en la habitación contigua, no se sintiera sola. Ella enseguida gritó que se callara. ¿Cómo podía resultarle entretenido? Cuando se golpeó en una esquina exageró el dolor quejándose en voz alta, con la esperanza de distraer así a Agnes. «¿Quieres una manzana?», le preguntó, en un tono como si lo de la manzana fuera *la* mejor idea del mundo. Antes de lavarla, fue expresamente a enseñársela, como si no se le ocurriera otro método para hablar con ella. «¡Mira qué roja es la manzana!», dijo, artificialmente sorprendido para que ella también se sorprendiera. El color rojo de la manzana tenía que comunicar a la niña algo que él no podía. Sobre todo temía que ella le preguntara: «¿Y qué hago ahora?», porque no hubiera tenido ni una sola respuesta.

Quiso ir a la cocina. Pero en el camino le pareció de pronto importante buscar determinado restaurante en la guía. En cambio, buscó en vano otro restaurante, al lado del mar, donde una vez le habían servido empanada con arena. Siguió el camino de la cocina, pero se volvió antes de llegar porque en el comedor aún había un cenicero por vaciar. Recordó las camas que estaban sin hacer y fue a hacerlas con el cenicero lleno en la mano. Primero, sin embargo, quiso apagar la luz del cuarto de baño. Pero vio un periódico y se puso a leer un buen rato... Entonces entró en la cocina y dejó correr el agua sin saber por qué; al cabo de un tiempo cerró otra vez el grifo.

En este estado de embrutecimiento, deseó encontrar por lo menos nuevas señales, y cuando tiró el resto de la manzana en un cubo vacío, golpeando las paredes interiores, estas retumbaron de una manera verdaderamente amenazadora. Lo volvió a tirar, pero de tal manera que cayera en el fondo del cubo: allí no retumbaba. Una camisa empezó a escurrirse lentamente de la percha y él no pudo retenerla. Para compensar alisó rápidamente un dibujo arrugado de la niña, colocó de pie un par de botas que estaban de una manera angustiosa una sobre otra. La puerta del cuarto trastero estaba abierta un palmo: dio un salto para cerrarla. Pensó: un día me reiré de todo esto. – Fue al jardín y el vientecillo veraniego suavizó pronto la opresión. En el piso de arriba un niño gritó desconsolado; al mismo tiempo, el reloj de la iglesia dio la hora tranquilamente – y de nuevo el terror indestructible le sopló por los conductos auditivos. Sintió frío. Entró en casa y telefoneó a Beatrice. «Voy a verte inmediatamente.» – «Como quieras», contestó ella, esperando a colgar, como si él debiera preguntarle: ¿Quieres que vaya? – Pero él, sin consideración, ya estaba camino de la puerta con Agnes.

Desde fuera cerró los tres cerrojos, dio dos vueltas a cada llave, como para ganar tiempo al abrirlos luego, cuando tuviera que volver a casa. – En un banco pintado de claro, enfrente, junto a la hondonada del ferrocarril, estaban sentados a la sombra de un plátano el portero y su mujer, que tenían poco que hacer en la casa durante los meses de verano, cuando la mayoría de los inquilinos estaba fuera. Eran bastante viejos; el hombre rodeaba con el brazo los hombros de su mujer, mientras ella hacía punto. A su lado, en el banco, había un ovillo de lana y a sus pies una jaula de pájaros, donde salta-

124

ban cuatro canarios. Ellos podrán atestiguar que me vieron aquí a última hora de la mañana de este día, pensó automáticamente Keuschnig, saludándoles expresamente desde la distancia – como si pronto hubiera de necesitar testigos favorables. Con la niña se sintió menos llamativo. ¡Alcanzar con ella la divina candidez!, pensó de repente. – En el restaurante de la esquina, las mesas, con sus manteles blancos, ya estaban puestas para la comida y el patrón paseaba delante de ellas con su perro. También a él le saludó Keuschnig expresamente: en caso de gravedad atestiguaría en su favor. En la ventana del restaurante descubrió un papel escrito a mano que no había visto la noche anterior: «la casa» no aceptaba cheques. Nunca había pagado allí con cheques y sintió así por primera vez una conexión con el patrón: la del cliente honrado; en todo caso, él no era de «esos». Necesito testigos, pensó, deseando estar ya en casa de Beatrice. El agua reluciente que corría veloz al borde de la acera surtió otra vez efecto.

Un viaje en taxi con una bonita falta de atención; nada, excepto la sensación de viajar por las calles veraniegas y vacías. Luego la entrada de espaldas y distraído en el ascensor, con la niña silenciosa de curiosidad, tocar sin malicia el timbre, sin preocuparse de adoptar una expresión; luego, como un cliente habitual, volver la espalda a la puerta que se abre, como si uno no pudiera ser más que uno mismo.

Beatrice dijo: «Ah, eres tú». Fue muy amable con Agnes y la condujo al cuarto de sus dos hijos. Como para demostrar que había cambiado, Keuschnig pidió que le trajera algo para beber: ¡que hiciera algo por él! «Sabes muy bien dónde están las botellas», dijo ella. Aún eufórico de la sensación del viaje, fue a la cocina y vio allí en la mesa la taza en la que Beatrice había bebido el té por la mañana. Ha estado ahí sentada, sola, pensó, y de pronto creyó comprender su amargura. Volvió rápidamente donde estaba ella y la abrazó. Con cara inocente dijo que la amaba. Ella le miró asombrada y dijo: «Vete a lavarte; tienes un aspecto tan sucio». Silbando fue al cuarto de baño y se lavó la cara. No se dejaría desconcertar. Pero al ver todos aquellos tubos de crema para los pies, las manos y los dientes tan pulcramente apretados hacia arriba, tuvo la certeza de estar definitivamente excluido. Muy lejos, los tres niños imitaban a los pájaros de fuera.

Se sentó frente a Beatrice. Ella le contempló detenidamente, pero no le preguntó nada. Enseguida empezaría a pensar en otra cosa completamente diferente y todo acabaría para siempre entre ellos. De pronto todo estaba en juego: un momento más sin palabras y él se convertiría para ella en un extraño inoportuno. Ella respiraba ya profundamente en el silencio y miraba a otro sitio... Él intentó de inmediato contarle algo sobre un restaurante bajo árboles de morera en la costa yugoslava... En otras ocasiones ella hacía con sus relatos planes para el futuro: «Un día iré contigo a ese restaurante; a esa costa viajaremos juntos la próxima vez». Ahora callaba. Intentó conmoverla con recuerdos comunes, pero tampoco respondió a ellos. Las antiguas bromas, que siempre la hacían reír, la dejaron impertérrita. ¡No quería seguir los juegos tácitamente acordados! ¿Quizá significaba que esperaba más de él? Keuschnig se sentó a su lado. Pero solo cuando pensó brevemente en la niña, que estaba en la habitación contigua, le resultó natural poner a Beatrice el brazo alrededor de los hombros – no se refería a ella. Mientras le acariciaba los pechos, consiguió en verdad un pequeño contacto y al mismo tiempo tuvo la extravagante sensación de descubrir en ese momento, para sí mismo y solo para sí mismo, un lugar lejano y remoto en Nueva Inglaterra. ¿No compartía ella esta sensación con él? Sí, ella le miró anhelante, pero con un anhelo que se dirigía a todos sus amantes pasados y futuros, ¡a todos menos a él! La armonía desapareció y ambos sacudieron la cabeza.

Sin amor y al mismo tiempo lleno de miedo, hizo el amor con ella. Beatrice no simuló, le miró sin compasión, hasta el punto de que Keuschnig no pudo siquiera cerrar los ojos.

En el cuarto de al lado los niños reían ruidosamente y sin motivo desde hacía ya unos minutos. En vano intentó pensar en otra mujer; no había otras. Beatrice había dejado de moverse con él desde hacía un rato, mientras él se movía con tanto mayor empeño. Estaba definitivamente en la trampa, desenmascarado. Su bolsa testicular se enfriaba cada vez más. Su lengua chasqueaba en la boca muy abierta. Rozó la piel seca del codo de ella y quiso rugir de desesperación. Un paquete de periódicos que llevaba debajo del brazo empezó a escurrirse al echar él a andar... Beatrice le puso la mano en el hombro y se apartó de él. Enseguida se incorporó y empezó a peinarse, a cardarse el pelo. Él seguía tumbado sin esperanza y ella le tapó antes de salir. Una ventana golpeó, la ciudad murmuraba: el mundo parecía vacío y reducido a unos pocos sonidos terroríficos. Fuera se había producido lo terrible y él era el afectado. ¿Por qué no oía ya a los niños? ¡Al menos el alivio de las voces infantiles!

Encontró a Beatrice en la cocina, pelando guisantes en una fuente. Cantaba mientras lo hacía – y cuando no sabía cómo seguía la canción paraba también de pelar hasta que recordaba la letra. Sabía todo sobre él – y él no sabía nada de ella. «Hoy siento tanta nostalgia», dijo Beatrice, paseando de un lado a otro delante de él. Le hablaba con cuidado, como si hablara con alguien por teléfono. «Esta mañana he visto un arco iris y me he sentido muy débil. ¡Necesito una aventura!» Sí, tenía razón: con él había tenido todas las «aventuras» – y, sin embargo, ninguna que ahora importara. – Cogió a Agnes y abandonó a Beatrice, que cantaba; se escabulló. El ascensor seguía en el mismo piso: había tan poca gente en verano. El suelo de piedra del portal acababa de ser regado con una manguera y Keuschnig olió de pronto el interior oscuro de la iglesia de su pueblo. En la misma calle había un restaurante, citado en una de las guías, pero estaba cerrado, Fermeture Anuelle, con los cristales pintados de blanco por dentro, de modo que ni siquiera pudo echar un vistazo.

Ahora el último recurso es un plan, dijo. Tengo que planear por adelantado todo lo que voy a hacer desde ahora como si se tratara de un negocio. «Une nouvelle formule», era el eslogan de un restaurante en el que se servía solo un menú unitario. En el mundo de los negocios, antes de que los asuntos se pararan, siempre se encontraba una nueva fórmula; ¿por qué no también en la vida? ¡Encontrarse de nuevo! – De momento observaría pacientemente a los demás; le pareció necesario para reconstruirse a sí mismo.

Comió con la niña en un restaurante de la Place de Clichy en el que había servilletas de tela: le sentó bien desdoblarlas. (En algunos restaurantes ponían servilletas de papel en las mesas durante los meses de verano, cuando los clientes eran exclusivamente turistas.) Estiró las piernas y contempló con expectación a la gente de las otras mesas. El futuro parecía asegurado por un tiempo. Agnes sorbió ruidosamente la sopa. Cuando le sirvió agua para beber tuvo la sensación de que se inclinaba por completo hacia ella con el chorro de bebida. Ella estaba allí, ensimismada. Solo le necesitaba para entretenerse sin miedo consigo misma. Al sentir el sabor del vino en la boca, Keuschnig sintió deseos de encontrar el lejano y bello país en el que la muerte no fuera nada físico. Por fin comienza el día, pensó, notando cómo se le abrían los ojos sin que tuviera que esforzarse.

En la mesa vecina había una pareja que estuvo hablando desde que se sentó hasta que se levantó, sin un solo segundo de pánico entre medias. Esos han dado con la fórmula, pensó. Primero los admiró; luego le pareció que a sus caras les habían hecho un *lifting*. Cada vez que el hombre terminaba de contar una cosa, la mujer decía, como para recompensarle: «Oh, I love you!». Ambos estaban resfriados y disfrutaban hablando con la voz más profunda del catarro. Una vez, cuando la mujer besó al hombre en la mejilla, este, como si tal cosa, se hurgaba en la nariz. En otra mesa fotografiaban a un niño – pero no apretaron el botón hasta que el niño no exhibió una sonrisa verdaderamente infantil. Le hablaban de tal manera que en cada frase faltaba la última palabra, que el niño tenía que añadir. Así, todo lo que decían se expresaba como pregunta. «¿La servilleta se coloca sobre la...?» «Rodilla», contestaba el niño. «¿El Sena desemboca en el...?» «Mar», contestaba el niño. «¡Bravo!», decían entonces los otros. Dos señores que comían solos dialogaban de la siguiente manera: «En este momento tengo una racha de éxitos», dijo el primero. «Desde hace tres semanas tengo algo interesante», dijo el segundo. Junto a otra mesa estaba el dueño contando un chiste. Cuando se alejó, los clientes hablaban mucho más bajo. En una mesa había un señor gordo solo, al que todos los camareros saludaban dándole la mano. Al extender su cheque hizo amplios movimientos con el brazo, echando hacia atrás la manga de la chaqueta. Mientras firmaba, la lengua se asomaba a su boca; miró a su alrededor, a ver dónde podía colocar otra firma. Una pareja hablaba sobre poesía. El hombre paraba a menudo en medio de la frase, como si reflexionara; luego, sin decir nada nuevo, seguía hablando. Cuando le pidieron el salero desde la mesa de al lado, Keuschnig se estremeció como si le hubieran sacado de un sueño. «Siempre fui un hombre sensible», dijo a la mujer. Otro comensal estuvo leyendo durante una hora *France Soir,* una sola hoja, sin pasarla ni una vez – se trataba de la novela por capítulos, que se confeccionaba según los deseos de los lectores. En la página doblada se publicaba una encuesta según la cual más franceses estaban satisfechos con su vida en este mes que en el pasado. La mujer de la caja estaba inclinada sobre una hoja de papel con la atención que solo se dedica a revisar cuentas. En la cocina, un camarero vestido de negro retorcía la oreja a otro vestido de blanco. Un hombre guapo entró de la calle con los labios ligeramente entreabiertos, como si dominara todas las lenguas del mundo: una ceja subida, los pelos de los orificios de la nariz sacados con pinzas, mordiéndose el labio inferior; una mujer, no tan guapa, le siguió, con una cara rígida y cautelosa, para conservar su belleza, no tan grande. Con qué descaro se dejaba observar – como si ya se hubiera dicho todo sobre ella y no tuviera nada que temer. Van listos, pensó Keuschnig. Ante ellos, que eran tan parecidos a él, no pudo imaginar desear otra cosa que estar muerto.

La comida se había secado. Apartó el plato y miró a Agnes, que untaba pan blanco en la salsa. Acodada en la mesa, y exclusivamente ocupada con la comida, sonreía. Las cosas más cotidianas le hacen sonreír, pensó. En este momento no añoraba un estado parecido; solo le alegró pensar que quizá ella nunca necesitaría una aversión, un odio y un espanto como los suyos.

¿Por qué se había imaginado que iba a sentirse seguro precisamente en un restaurante?

No existía ya ningún lugar para estar fuera del mundo; en su situación, lo probado no valía. Cuanto más miraba a los demás, más embotado se sentía. Todos aparecían con él en una película cuya historia se preveía ya desde la primera imagen. (También el camarero había intuido lo que él iba a encargar; por eso había encargado inmediatamente otra cosa.) Quizá les había observado desde el principio equivocadamente, desde el lugar inadecuado, con el enfoque inadecuado – en todo caso, ordenara como ordenara sus percepciones, estas se organizaban independientes de él en su sinsentido habitual y meticuloso. ¡La farsa de las servilletas sobre las rodillas! Los perfumes de las mujeres significaban recuerdos que él no deseaba, y las patatas fritas, que hacía unos momentos había llamado mentalmente «¡las buenas y viejas patatas fritas!», solo daban dolor de cabeza. En un tiempo lejano, Keuschnig imaginaba dormidos a los que le resultaban desagradables para que le fueran más simpáticos: ahora le parecían repugnantes, aunque los imaginaba con las rodillas encogidas en un beatífico sueño. Y las «bellas escenas», de las que él creía depender tanto – por ejemplo, el niño con el vestido demasiado grande, y al mismo tiempo la idea, la certeza, curiosamente optimista, de que crecería hasta rellenarlo – , duraban cada vez menos, ¡carecían sobre todo de efecto! La mujer que pasaba por la calle delante de la puerta abierta podía sonreírle – estaban bien seguros y separados el uno del otro. En cambio, la mujer aquella, dentro del restaurante, sola en la mesa, le había mirado, y al verle había apretado inmediatamente la boca entreabierta, repelida por su cara incontinente. Ni siquiera se atrevió a cambiar de sitio, como si temiera que él interpretara el más pequeño movimiento como una especie de entendimiento con él o incluso como una invitación sexual. Antes de mirarle había estado llorando silenciosamente, con la nariz enrojecida. – Eres aburrida, quiso decirle Keuschnig, aburrida como el mundo. Necesitaba un sueño diurno o pronto soltaría un bramido bestial; pero para jugar mentalmente tendría primero que poder apartar los ojos de esa gente, pensó. Apartaba los ojos, pero era como un reflejo – como cuando, por ejemplo, se cae un cuchillo... ¿Cómo aguantarán?, pensó; luego salen tan tranquilos a la calle, con las palmas de las manos vueltas hacia fuera, y lo único que nos une son las escamas de caspa que durante la comida se acumularon en el cuello de la chaqueta. Era la primera hora de la tarde y todo parecía, de nuevo, desesperado.

Un borracho medio desnudo gritaba en la plaza, y al verle se estableció una complicidad sonriente entre los que estaban dentro vestidos y medianamente sobrios. Unos cuantos empezaron a hablar entre sí de mesa a mesa, también le hablaron a él. Keuschnig bajó los ojos. Esa es su solidaridad, pensó – y, sin embargo, también él la acababa de sentir, primero, como una falaz readmisión, después, como una grave sospecha despejada, luego, como último momento de comunión antes del aislamiento que se avecinaba amenazador. ¡La inocencia de la niña, que mientras todos intercambiaban sonrisas estaba simplemente asustada por el griterío! Por primera vez se alegró de estar a solas con ella.

Al norte de la Place de Clichy, cuando se cruza el cementerio de Montmartre por la Rue Caulaincourt, que está un poco más elevada, y se sigue por la Rue Joseph de Maistre, más tranquila, se llega a un parque polvoriento, sin césped, con juegos infantiles en una esquina. Hacía unos años, Keuschnig había vivido en esta zona, y a veces, en las tardes de domingo, había sentado a la niña, que apenas se sostenía en pie, en la arena. Como desde la Place de Clichy el camino hacia allá no era muy largo, fue dando un rodeo por la Avenue de St-Ouen hasta el parque. Por el camino vio pocas señales, y más bien parecían burlarse de él: una bota en un carrito de supermercado abandonado en la calle; un billete de autobús que se le cayó al suelo y que se escapaba cada vez que se agachaba a recogerlo... Como hacía años vio al mendigo que imitaba los trinos de los pájaros en la misma esquina, hacia la que los perros arrastraban a las mujeres que los sacaban a pasear, obligándolas a dar al mendigo una moneda para compensar la humillación de que los perros mearan al lado de un ser humano... Keuschnig se sintió bien paseando con la niña, que saltaba de un lado a otro por la calle luminosa y caliente.

No había querido meterse en un cine porque, a juzgar por las carteleras de la Place de Clichy, las películas aquellas parecían desarrollarse solo en espacios cerrados. Cuántas máquinas automáticas siguen rotas en este barrio, pensó al pasar casi divertido: máquinas de lavar, máquinas de sellos y ahora la copiadora delante de la papelería, que ya entonces estaba *en panne*. Hacía tanto calor que las bolsas de celofán con bollos, expuestas delante de una panadería, estaban llenas de vaho. Un hombre delgado y huesudo adelantó a Keuschnig. Era el único entre todos los transeúntes que parecía tener prisa; sus omoplatos se movían masivos bajo la chaqueta de verano ajustada. Aquí y allá, trabajadores norteafricanos esperaban a que pasara el descanso de mediodía sentados en los zócalos de las casas, como si estuvieran acostumbrados a tan poco sitio. Una dependienta muy pálida que llevaba una tarjetita con su nombre arriba, junto al cuello del uniforme, salió de una confitería cerrando los ojos al sol y echando con un suspiro la cabeza hacia atrás. Otra chica cruzaba muy despacio la calle con una taza de café en la mano, paso a paso para no derramarlo. Keuschnig se quedó parado y Agnes hizo lo mismo, sin que él le dijera nada – hacía tanto calor, solo calor. Ahora la calle tembló con el metro, que pasaba inaudible por debajo, y mientras Keuschnig temblaba al unísono, sintió: «¡Es esto, precisamente esto!» – como si fuera una vivencia que ya hubiera dejado de esperar.

Caminaban en un calor prehistórico, sin peligro por ninguna parte, paso a paso, como la chica de la taza, pero no por necesidad, sino por placer. Keuschnig no necesitaba amoldarse como otras veces al paso lento y distraído de la niña, sino que andaba como ella, y el aire veraniego, que solo hacía crujir de vez en cuando una rama, le pareció una consumación que, sin embargo, seguía siendo prometedora. Un avión pasó bastante alto y por un breve instante la luz se alteró, como si la sombra del avión se hubiera movido rapidísimamente por la calle. – Quiso gritar a los árboles lejanos que brillaban al sol ¡que permanecieran así! ¿Por qué nadie le dirigía la palabra?

En una calle, Keuschnig vio la casa en que había vivido hacía años, con el arce que llegaba hasta las ventanas de su antigua vivienda, e inmediatamente le invadió una violenta amargura por todo el tiempo perdido desde entonces y por su propio fracaso. No había vivido nada, no había emprendido nada. Todo seguía en el mismo caos inalterado, y la muerte, de la que entonces aún estaba a salvo, se había aproximado considerablemente. Tengo que hacer algo, pensó desesperado, y apenas lo hubo pensado, dijo confiado a la niña: «Empezaré a trabajar. Inventaré algo. ¡Necesito un trabajo en el que poder inventar algo!». Agnes, que no había oído más que su voz, respondió con un saltito despreocupado, y Keuschnig sintió por primera vez en mucho tiempo amistad por ella y no indiferencia distraída y cariño temeroso.

Tuvo ganas de leer en la plaza de los juegos infantiles y compró en una librería un libro de bolsillo con narraciones de Henry James. En la fachada de una casa vio, como la mañana en que «todo comenzó», una placa de mármol en memoria de un combatiente de la resistencia fusilado allí por los alemanes; debajo había una rama lacia de helecho y él contó a la niña lo que había sucedido hacía treinta años. Cuando mataron al hombre, que se llamaba Jacques, era finales de julio, como ahora. Y como hacía treinta años, el Square Carpeaux estaba polvoriento, y, sin embargo, era diferente a entonces. – Keuschnig tuvo la sensación de estar a punto de descubrir el detalle que hiciera confluir todo lo demás.

Al menos la niña sí parecía cambiar. Hacía unos días, en la escalera del metro, había descendido arrastrando temerosa un pie tras otro; hoy bajó resuelta los escalones de la plaza con un solo movimiento, adelantando una vez el pie derecho, otra el izquierdo. Se paró primero delante de los juegos, mirando. Las calles habían estado casi vacías, pero en la plaza se amontonaban los niños y los adultos; estos, en general viejas francesas y jóvenes extranjeras. Keuschnig se sentó en un banco y empujó suavemente con el pie a Agnes, que, ensimismada, seguía inmóvil; sin volverse hacia él, sonrió, como si hubiera esperado esa invitación. En su autosuficiencia irradiaba un orgullo tan objetivo que se pasaba también a él. ¡Percibir las cosas con ella! De momento, eso le ayudaba a ahuyentar el aburrimiento y el hastío. ¿Con qué superioridad podría permitirse despreciar a las mujeres cansadas o insatisfechas que arrastraban e incluso pegaban a los niños, que chillaban o las seguían absortos? Una de ellas hacía en ese momento un tímido ademán de pegar a un niño que pataleaba y gritaba delante de ella cuando notó que Keuschnig la observaba. De pronto su mirada se liberó y se volvió desesperada y furiosa, como si la observara alguien congenial ante el que no necesitaba disimular.

¡Cuántas cosas había para ver sin que la sensación de repulsión las rechazara como algo archiconocido! Los fresnos altos, altos y la plaza oscura, oscura... Entraba tan poco sol que las mujeres, sobre todo las más jóvenes, iban corriendo sus sillas a los sitios soleados. De vez en cuando, una se levantaba y tiraba una pala de plástico a la arena, como invitando al niño – y este apenas la miraba. O se volvían a reunir los juguetes, numerosos y esparcidos, en torno al niño... A los revoltosos se les amenazaba simplemente dando unas palmadas desde lejos.

Entonces, las palomas que paseaban en la arena, entre los niños, alzaron el vuelo. Una mujer, mientras movía con la mano izquierda el cochecito con el bebé y se sujetaba con la derecha el vientre otra vez abultado, buscaba con los ojos a su niño, que la llamaba porque quería descolgarse de las barras. Keuschnig observó a otra que contaba los puntos de sus agujas y otra que le quitaba soplando la arena de los ojos a un niño que lloraba. Se oían muchos nombres extranjeros: ¡Tiziana! ¡Prudencia! ¡Felicitas!... El desconsuelo y el abandono se cernieron como la última posibilidad de armonía sobre la polvorienta plaza llena de gente; sobre las mujeres con sus bolsas de plástico al lado; sobre el adormilado guarda en su caseta octogonal, siempre dispuesto a intervenir; sobre los niños que zapateaban con los talones sobre el metal antes de tirarse por los toboganes chirriantes, mientras los otros saltaban impacientes al pie de la escalera; sobre el ir y venir agitado y repetitivo en el que no sucedía nada – arena y polvo obstruían también las ranuras de la alcantarilla – y donde olía a jabón y reinaban el griterío estridente de los niños, las voces de las mujeres, el pito del guarda y el ruido metálico de los patines de ruedas sobre la pista de cemento.

Después de tanto mirar dolía soltar la respiración. La niña, de pronto, se dejó caer contra él, casi arrastrándole, llorando con mejillas reblandecidas por algo incomprensible y desconsolador – que resultó ser solo un tembloroso grifón enano que alguien llevaba en un bolso; «por eso no se llora», dijo Keuschnig. Donde las lágrimas se acumulaban, la luz se espejeaba en las mejillas y hacía más clara la piel... Una mariposa revoloteaba en la punta de sus dedos y no quería irse, como si al pegarse así a él pudiera evitar que la matara. Vio a una vieja portuguesa vestida de negro con una chaqueta de punto en el brazo. Una enagua blanca le asomaba bajo el vestido. Ausente, sin embargo, se interesaba por todo y nada parecía estar fuera de su alcance. ¡Con qué impasibilidad se comportaba, con la gracia de un idiota, y qué protegido se movía su niño, literalmente *debajo* de sus faldas! Ella sonrió sobre otro niño que pedía algo a su mamá, pero sin ningún sentimentalismo, más bien con un pacífico recuerdo que quizá era completamente opuesto a lo que estaba viendo – pues al niño le dieron enseguida lo que pedía – , y en todo caso estaba totalmente exento de envidia. Observando la chaqueta de punto y la enagua que asomaba, Keuschnig recordó su propio entorno campesino: donde en general se quería bien a los propios familiares, con todas sus rarezas, mientras que se hacían ascos de los que no eran familia y tenían las mismas rarezas. ¡También él había sido así!

Estuvo sentado mucho tiempo en la plaza, uno entre muchos, sin ideas de futuro.

No esperaba nada, solamente imaginó un momento que todos de pronto tuvieran un aspecto extraño y empezaran a sollozar, excusándose inmediatamente: no habían dormido la noche anterior; no les sentaba bien el sol; tenían el estómago vacío. ¿Quién iba a decirles que no necesitaban avergonzarse de ellos? – Otra vez levantó la vista fija en él mismo y no comprendió que las cosas no hubieran cambiado. – Por fin Agnes, ya tranquilizada, le habló como si confiara en él. Le contó sus cosas, y notó que tenía ya muchos *secretos*. ¡Tiene secretos!, pensó con una fuerte sensación de felicidad. Amistosamente, Agnes utilizaba de repente expresiones que solía utilizar él. Y por todas partes, en las nubes, en las sombras de los árboles, en los charcos, Keuschnig veía figuras – que hacía tiempo que ya no percibía.

Mientras ella correteaba entre los demás niños, Keuschnig leía satisfecho las descripciones de vestidos, tan frecuentes en las narraciones de Henry James. Por fin algo que no era un periódico. «Ella llevaba un vestido de muselina blanca, con cientos de pliegues y volantes y lazos de color azul claro. Iba sin sombrero, pero balanceaba en la mano una gran sombrilla con un borde ancho y adornado: era de una extraordinaria y admirable belleza...» Leyendo y leyendo se alegraba de que luego iría a comprarse algo por primera vez desde hacía tiempo. Se imaginó cruzando una plaza con un traje nuevo de verano color claro. Con todas las cosas nuevas que le sucedían y todas las viejas que no debía olvidar ¡tenía que vivir una historia insólita!

Cuando Keuschnig alzó los ojos, la niña ya no estaba. Los otros niños jugaban tan tranquilos, como si hiciera tiempo que Agnes hubiese desaparecido y se hubieran establecido nuevas reglas de juego en su ausencia. Keuschnig se puso de pie de un salto, pero volvió a sentarse rápidamente, incluso leyó aún más líneas en el libro, sin excluir ni una palabra. ¡Pintarse la cara, deprisa! ¡Y cortarse todo el pelo! El viento pasó entre los árboles y vivió ese momento en pleno verano, cuando de pronto tememos el invierno más oscuro y frío. Retuvo la respiración e intentó no pensar en nada como para evitar algo. Con pánico quiso prepararse para lo que se le venía encima. Una mujer le miró como si supiera lo que él no sabía todavía. ¿Quién se lo diría primero? El griterío femenino a su espalda no eran risas, sino el aullido de una noticia catastrófica. ¡Hasta este momento, cuánto jueguecito y cuánta tontería! Ahora venía lo serio. En este momento, como si todas las posibilidades estuvieran ya agotadas, Keuschnig decidió no seguir viviendo.

Estuvo buscando por toda la plaza, miró en los coches que arrancaban, pero era un puro formalismo. Lo inimaginable era tanto más real y terrible. Quiso volverse loco inmediatamente, como si eso fuera la última salvación. ¡Solo en la locura podría anularse todo y *los muertos volverían a vivir*!... Podría estar con ellos para siempre sin pensar en la muerte... Pero en vez de lograr convertirse en un loco, solo se sintió impotente. Estaba espantosamente despierto. Sus manos iban tanteando independientes y con un placer desconocido todos los huesos de su cara. Tranquilo y sensato, como diría luego el guarda, dejó sus señas, dijo que iba a dar parte a la policía y se puso en marcha cruzando la ciudad hacia el este.

De pronto, Keuschnig sintió simpatía por los que pasaban a su lado, y su prolongada indiferencia se convirtió en dulce compasión. Los que iban en los coches – ¡qué penoso les tenía que resultar estar todavía en camino, encerrados en esas cajas de chatarra, moviéndose trabajosamente de un lado a otro, qué penoso para ellos seguir existiendo! ¡Con qué desesperación rugían por las calles los frenos hidráulicos de los camiones! Por un breve momento, la política, concebida a escala mundial como política comunal y no como encubrimiento afanoso y violento del sinsentido, le pareció imaginable, algo que podía merecer la pena. Se sintió abierto a cada detalle, pero al mismo tiempo sin percibir ya nada separado del contexto. Una mujer taxista que llevaba en su coche a otra mujer; un niño con una metralleta de juguete que corría bramando detrás de su madre... Keuschnig sintió que era poderoso. Podría hablar con todos y darles felicidad. Al pasar junto a un hombre le indicó que se le había soltado el cordón del zapato, y este le dio las gracias sin sorprenderse. Vio a un tipo con un sombrero tejano y le preguntó de dónde venía, como si le hiciera un favor. Nada le parecía ya ridículo. Al ver a una mujer con un pañuelo rojo en la cabeza subir la escalera de una estación, no comprendió cómo había podido pensar en sí mismo alguna vez. Le asaltó una profunda pena de saber que iba a morir y evitó cuidadosamente los coches para no ser atropellado.

No notaba nada de su cuerpo. Se movía ingrávido entre los demás, que se arrastraban con pesadez. ¡Qué pena que no tuviera ni un poquito de dolor de muelas! En una parada de autobús esperaba sentado un hombre con la cabeza baja, las manos en el regazo, como si esperara a su perseguidor. Bastaría con tocarle y le contaría todo. Keuschnig se sentó efectivamente un momento junto al hombre y le preguntó en qué trabajaba; pero ¡aquel le miró como si una pregunta de ese tipo le humillase!

En una de esas pequeñas fuentes que había en toda la ciudad, Keuschnig se lavó la cara, como si en efecto la llevara pintada, en el chorro transparente y silencioso. ¡Qué caliente salía el agua en este día caluroso! Cuanto más se aproximaba a las colinas de Chaumont, en el este de París, más exuberante le parecía la ciudad. Vio a una chica que levantaba con el talón la horquilla de una moto y arrancaba; una negra alta que llevaba una bolsa de plástico repleta sobre la cabeza; un tractor que iba por el centro de la ciudad, esparciendo hierba seca; una chica de una panadería que iba como siempre de café en café con una cesta llena de barras largas de pan; un hombre gordo con tirantes sentado en un banco; muy lejos y por unos instantes la punta dorada de la verja de un parque... Con su mirada podía abarcarlo todo. A una mujer, que con el bolsito encajado bajo la barbilla y las compras entre las rodillas abría una puerta y la empujaba con el pie, la percibió como sustitución de momentos de una vida posible, que le era revelada más tarde. Vio las placas de metal reluciente en los pasos de peatones, las copas de los árboles que se movían en sí mismas, como si constantemente quisieran transformarse en otra cosa, oyó una bandada de palomas en contravuelo como una suave risa, y saliendo de un cine, después de tiros y gritos, los ruidos finales de una película – música dulce y las voces tranquilas y amistosas de un hombre y una mujer; olió los zapatos recién teñidos de una zapatería abierta; vio los gruesos mechones de pelo en el suelo de una peluquería; la tenacilla en agua sucia en una máquina de helado; un gato sin rabo, que salió de un portal y se metió debajo de un coche, donde se agazapó; oyó el zumbido de una máquina de cortar embutido en una carnicería de carne de caballo, y en todos los pisos de una construcción casi acabada el retumbar de los pedazos de argamasa que caían; vio a la dueña de un restaurante que abría la puerta del local con un ramo de flores en la mano para preparar ya la cena y dijo en voz alta: «¡Qué cosas pasan!». Las primeras uvas del año, con las primeras avispas encima; en una caja de madera, las primeras avellanas, todavía con sus cápsulas de hojas rizadas; en las aceras, los contornos de las primeras hojas caídas y luego arrastradas por el aire... Los mercados se habían empequeñecido tanto a lo largo del verano. Los percheros en los cafés ¡todos vacíos! Pintaban los edificios de correos, levantaban las aceras para colocar nuevos cables telefónicos; los trabajadores en las zanjas sonreían observando a un niño que andaba titubeando sobre patines de plástico. En un cine pasaban una película de dibujos animados de Popeye, el marinero, que solo tenía que tragarse una lata de espinacas para dominar todo el mundo. ¡Qué ñoño se sentía, qué desvergonzado! Algo se le había escapado, había perdido algo que era irrecuperable. Se paró y buscó en todos sus bolsillos. Una mujer no podría pararse así en medio de la acera, pensó. Por fin se sentía no observado. Casi contento olió su propio sudor. El continuo rugido de los coches le hacía bien a la cabeza y soltó un grito animal. ¡Como ya no tengo a nadie a quien amar, no veo señales de muerte!, pensó. A alguien se le cayó un llavero al suelo. Luego una señora elegante se escurrió y se cayó sentada; pero Keuschnig no apartó la vista como otras veces, sino que observó a la mujer que se levantaba sonriendo avergonzada. Siguió andando con las manos cruzadas en la espalda como un camarero ocioso. Las grúas giraban sobre el fondo de nubes en movimiento y él se movía debajo de ellas con la calma de la eternidad.

Keuschnig no deseaba ya nada para sí mismo. Las cosas habituales bailaban delante de sus ojos como si fueran apariciones – apariciones naturales – , y cada una le mostraba una riqueza inagotable. Él, que no contaba ya para nada, se había introducido en los otros que iban de un lado a otro con energía ausente; creyó que cambiarían el paso al recibir el impacto con el que les traspasaba la felicidad inútil para él. Este estado no era un capricho ni una emoción pasajera que enseguida terminaría, sino una convicción con la que se podía operar conseguida a partir de tantas emociones pasajeras también. Ahora la idea que le había asaltado al ver las tres cosas en la arena del Carré Marigny le pareció utilizable. El mundo, al volverse misterioso, se abría y podía ser reconquistado. Cuando en la proximidad de la Gare de l'Est cruzó un puente, vio debajo junto a las vías del tren un viejo paraguas negro: ya no era un indicio de otra cosa, sino un objeto en sí, bonito o feo en sí y feo y bonito con todas las demás cosas. A donde miraba había algo que ver, como en los sueños en los que se encuentra dinero y cada vez que uno se agacha reluce una moneda. Detalles separados entre sí: una cuchara amarilla con yema de huevo tirada en la calle; las golondrinas allá arriba vibraban en una comunión para la que no necesitaba ya ni recuerdos ni sueños, una sensación como de poder ir a casa a pie desde cualquier punto.

El sol estaba tan inclinado que los coches rodaban oscuros y sin forma por los bulevares cegadoramente luminosos. Alguien caminaba detrás de él con el mismo paso, sin pasarle y sin quedar rezagado, pero Keuschnig no se volvió. Delante de un cine había gente haciendo cola para ver la película *Ben-Hur*. Cuánto hacía que había visto esa película – cuántas veces la habían pasado desde entonces en todas partes – y aún, o de nuevo, había gente que la veía por primera vez, gente diferente a él, pero en ese momento igual a él. Muchos venían de frente con paquetes de vestidos bajo el brazo, porque a finales de julio la mayoría de los tintes cerraban; otros iban de la piscina a casa con colchonetas de plástico dobladas en sus bolsos de paja. Se sentó en la terraza de un café, de cuyo toldo colgaba una pancarta con la inscripción «Changement de direction, tout est bon». En la calle brillaban unos metros de viejas vías de tranvía que aún no habían sido asfaltadas. En el edificio nuevo de enfrente había a la venta un apartamento. Debajo de las sillas del café se ladraban dos perros. Un hombre muy viejo echó una carta de correo aéreo en el buzón y luego sonrió...

Keuschnig solo se inquietaba de vez en cuando al ver pasar a una mujer. ¡La línea de las pantorrillas, las corvas, los muslos y el arranque satinado del pecho le hacían sentir tanta nostalgia que notaba cómo su expresión se volvía severa! Cuando una mujer pasó detrás del cristal lechoso de una parada de autobús y la vio solo como un contorno, deseó que anduviese siempre detrás de un cristal lechoso. Le invadió un dolor, una rabia de que no le estuvieran destinadas todas, de que no volvería a ver a aquella mujer, intuyendo el sentido que estas mujeres podrían haber tenido para él. Qué insatisfecho seguía sintiéndose cuando no lograba ver bien uno de esos rostros – como si se estuviera perdiendo algo decisivo.

Entonces comenzaron a recoger las sombrillas, que giraban en sus pies porque se había levantado aire. Keuschnig tomó muy en serio la sonrisa del camarero por la propina. Estaba agradecido a los que seguían sentados a su lado y no le miraban. Largo rato contempló el agua que salía a borbotones de una boca de riego a sus pies y caía por el borde de la acera. Cuando leyó en un periódico abandonado la frase de que un cantante había logrado «un flamante do mayor», casi gritó de alegría. Hubiera querido dejar en toda la mesa sus huellas dactilares. Alguien a su lado, que leía un libro, de repente se quitó las gafas, y Keuschnig temió que se marchara – pero su vecino solo apartó bruscamente el libro y siguió leyendo: qué alivio, qué paz...

Keuschnig miró a su alrededor a ver si se producía algo, un comienzo de reflexión diferente, una posibilidad. En el sótano del café jugaban desde hacía muchísimo tiempo al ping-pong, y con aversión escuchó el continuo clac-clac. Por fin la pelota cayó en otro sitio... Distraído, sin miedo, se marchó y subió el camino empinado de las Buttes-Chaumont.

Pasó delante de un puesto telefónico rojo, desde donde se podía llamar a la policía en caso de emergencia. Ese puesto profundamente rojo era un sólido consuelo en un desierto que se extendía dolorosamente, y Keuschnig tomó sin sentido nota del lugar. – Alguien corría detrás de él, pero no, no corría por él; alguien *silbaba,* ¿por qué no le silbaba a él? Las pequeñas disonancias externas las sentía ahora en su propio cuerpo: se estremeció bajo el peso de una patata que se le escapó a una mujer del papel de periódico; se encogió cuando un niño allá lejos cruzó con la bicicleta un charco.

Sintió frío. Al borde del parque se movía detrás de los arbustos ropa azul que le recordó enigmáticamente su lugar de nacimiento, no un acontecimiento determinado, sino una larga y mortal ausencia de acontecimientos. Como si aquello fuera la posibilidad, intentó abrirse a otras imágenes de la memoria. Pero no sucedió nada. Solo que de pronto estaba en una boca de metro de Estocolmo en un día de invierno... ¿Quizá fuera una salida hacer nuevos gestos y visajes? Por ejemplo, ¿mover de un lado a otro la cabeza con los labios echados hacia delante y darse aire con la mano, como hacían los franceses? Basta de bromas... Mientras tanto se encontró sobre una roca artificial desde la que veía París hacia el este en el sol amarillo del atardecer. ¡Un pequeño sueño con ojos abiertos que fuera quizá la salvación! Se tanteó los bolsillos para ver si llevaba el pasaporte. Ahora solo un personaje de otro sistema podría retenerlo. A su lado, una mujer llena de arrugas y pelos en la barbilla besaba ruidosamente en los labios a un hombre más joven, como despidiéndose; luego se marchó. Keuschnig esperó con especial curiosidad que el hombre besado se limpiara la saliva extraña. Pero el hombre contempló inmóvil la ciudad y se alejó luego con pasos largos.

En este momento, Keuschnig sintió vergüenza de morir y estar muerto. Era tan extravagante respirar por última vez y ser un cadáver. Podría soportarse a sí mismo como muerto si en el mismo instante dejara de existir todo el mundo. Pero así solo se daba importancia con su cuerpo, tan presuntuoso precisamente en la muerte. Dio un paso no por emprender algo, sino porque no sabía ya lo que quería; por pura cabezonería. – La vergüenza tan frecuente y espeluznante de vivir y ser algo de carne desnudo y llamativo, algo extraño, *superfluo,* le retuvo de llevar a cabo la última y especialmente extravagante expresión vital y le condujo a pararse en la cima de la roca.

Miró a su alrededor, aunque no veía ninguna salida, por puro instinto, y descubrió a poca distancia al escritor gordo, que le observaba desde hacía mucho tiempo sin agitación después de la subida por la ladera. Cerró su cuaderno de notas y lo metió en el bolsillo interior de la chaqueta, como si ya no lo necesitara. «Te he seguido durante todo el día, Gregor —le dijo—. He puesto a salvo mi idea en las realidades y estoy satisfecho. Cuando la supuesta criminal se tira al final de *Vértigo* desde la torre de iglesia española, el cielo no es azul, sino que está nublado y oscuro en la última luz del día. "God have mercy of her soul", dice la monja, y toca las campanas. Tu hija está con Stefanie en mi casa y allí se quedará de momento. No te necesito ya y te deseo suerte». – El escritor permaneció así un rato largo, por fin hizo unas muecas como para que Keuschnig viera que era de carne y hueso y se marchó cruzando el césped y pisoteando ciegamente un parterre de flores. «¡No sabes nada de mí!», le gritó Keuschnig, pero él solo levantó el brazo en respuesta, sin siquiera volverse.

Keuschnig quiso hablar inmediatamente con alguien; por ejemplo, telefonear a la chica de la embajada. ¡Pero ahora solo le creerían si le veían!

Dejó las Buttes-Chaumont y siguió andando hacia el este, cuesta arriba hacia las chabolas y los edificios altos del barrio de Belleville, donde ya subían los toldos en las ventanas. Se compró un traje con bolsillos laterales en los pantalones para meter las manos, además calcetines y zapatos. «No es caro», dijo el vendedor espontáneamente – en este momento de poca potencia adquisitiva debía de utilizar a menudo una frase así. Keuschnig dejó sus ropas desechadas en la tienda y se puso en marcha, descendiendo las colinas hacia el oeste, hacia la Place de l'Opéra, donde se hallaba el Café de la Paix.

Ahora veía las cosas con claridad, como expuestas, no transfiguradas como una hora antes. Todo le parecía purificado. Él mismo había salido a la superficie después de pasar largo tiempo bajo el agua y el sol le calentaba poco a poco el cuerpo aterido. Al mirar los adoquines que relucían en las rendijas pensó en las comisuras de la boca de una mujer que le sonreía en la calle de verano vacía. Las nubes pasaban, las copas de los árboles se abrían y se cerraban, hojas patinaban por las plazas haciendo piruetas aquí y allá; todo parecía estar en movimiento. Contempló una nube vaporosa en forma de embudo – ¡percibo una figura!, pensó – , y cuando volvió a mirarla se había disuelto en el cielo azul. Sorprendido se paró más de una vez para contemplar excitado el cielo, que se abombaba sobre las casas y relucía entre las hojas de los árboles, como si detrás empezara algo completamente distinto – no el mar ni un paisaje, sino una sensación desconocida. Sin que ahora le molestara, recordó que en casa las camas seguían sin hacer. Oyó un estornudo en una de las chabolas de Belleville, donde ya reinaba un ambiente engañoso de descanso de fin de jornada. Una vieja vestida de negro estaba delante de su puerta, sobre las medias llevaba calcetines gruesos. Hablaba con alguien que estaba lejos, al final de la calle, y su voz y la respuesta a ella eran muy claras. En el aire del anochecer, las sombras de las hojas se movían sobre los muros de las casas. *¡No escupir en la escalera!,* leyó en un cartel en un portal abierto. París se extendía a sus pies, ahora en una luz rojiza, convertido en una ciudad del desierto, las casas con sus ventanas a ciegas parecían construcciones coloniales, que al mirar hacia el oeste, al cielo resplandeciente, formaban con las avenidas de árboles tal unidad que los automóviles salían de ellas como de la selva más negra... El sol se puso. Enseguida anocheció; en la penumbra estaban sentados en una barandilla de hierro pulido que bordeaba una acera unos niños pacíficos, tranquilos, sin hablar, que no querían separarse, aunque los llamaban repetidas veces para ir a dormir. Detrás de un arbusto de saúco le observaba una niña con un libro sobre las rodillas, y él le devolvió la mirada: mientras la contemplaba, se veía a sí mismo con mayor precisión. ¡Con qué desgana había empezado a ver – y ahora todo era poco! Casi se mareó ante tantas historias que le venían encima, sin palabras. No dormir – ¡estar vacío! De un coche aparcado, con la puerta completamente abierta, salió música de clavecín, y Keuschnig se sintió de pronto invadido por una profunda alegría ante el tiempo que ahora le tocaba vivir. Necesitaba un trabajo cuyo resultado fuera concluyente e inconmovible como una ley. No deseaba un sistema para su vida, pensaba solo que en el futuro, aunque no hubiera nuevos objetos y nuevos seres humanos, sí habría constante anhelo.

Miraba todo lo que pasaba como si en ello tuviera que haber también algo para él. ¡Un plato con huevos cocidos en el mostrador, por lo demás vacío, de un café! ¿Qué pasa con ese negro de los botones de bambú en el abrigo? ¡Y seguía temiendo hacer algo equivocadamente o perderse una cosa esencial! Una mujer venía de frente, y su manera de andar le gustó; al cabo de un rato se dio la vuelta y la siguió para verla andar. Ella miraba a veces por encima de su hombro, y parecía que andaba para alejarse de él, solo de él...

Vio una carretilla volcada y notó lo frío que de pronto le dejaba – que estuviera volcada no le preocupaba ya. Era libre, al menos esta tarde y esta noche. Con espíritu emprendedor empezó a correr cuesta abajo y las filas de casas se inclinaban como prendadas bajo su mirada. ¡Estoy transformándome!, dijo. Le pareció que hacía siglos que no hablaba. Articuló unos sonidos como se hace para asustar a un animal, pero ahora iban dirigidos también a todo lo demás. Respirar simplemente, incluso tragar, le proporcionaba placer – cada movimiento de tragar producía una novedad. El mundo circundante le resultaba tan cambiado que le asombró, por ejemplo, ver en una cartelera de un cine una pareja desnuda debajo de una sábana: ¡así que aún hay películas en las que las parejas de amantes se drapean con sábanas! Y al leer mecánicamente el titular de un periódico tirado: «... sucumbió de un tiro en el vientre», pensó: ¡aún hay gente que se muere de un tiro en el vientre! Aunque veía las mismas cosas que de costumbre, desde el mismo punto de vista, estas se habían vuelto extrañas y, por tanto, era posible vivirlas. Pisó fuerte y se estiró. Un perfume desconocido le venía del anochecer, sin recordarle, como pasaba a menudo, abrazos sin esperanza – no recordaba ya nada, solo esperaba. Cuando pasó delante de una galería comercial, pensó: aquí podría suceder el acontecimiento único nunca narrado. Delante de un café vio a una mujer sola, en lejanía inaccesible, y, sin embargo, tomó cuerpo para él como un tabú atractivo, de modo que pensó de nuevo: Ahí está, es toda su historia – nunca sabría más sobre ella que en ese momento, en el que la veo sola ahí sentada. Ansioso observaba sus propios pensamientos, siempre dispuesto a frenarlos. No quería olvidar ya nada más y repetía mentalmente los momentos recién pasados, como se repasan las palabras de una lengua extraña. Tenía que recordarlos todos para utilizarlos más adelante. (Sin embargo, pensaba con regocijo en las personas que aún podía encontrar hoy, aunque no tuviera nada de que hablar con ellas.) Pasó delante de una iglesia llena de luz, cuyas puertas estaban abiertas de par en par, y vio al sacerdote que con el brazo en alto daba la señal para que comenzara el canto. Luego vio una mano que dejaba caer gotas de cera de una vela sobre una bandeja, donde ardían ya otras muchas velas. La cera que goteaba de la vela inclinada le cortó la respiración no como objeto, sino como algo ya visto, que, sin embargo, *vivía* ahora. Caminando al pie de la colina por la calle horizontal creyó ver aún el paisaje desde arriba, como si se extendiera delante de él y pudiera captar con una mirada la superficie redondeada de la tierra. Entonces algo que le pareció tremendamente importante y que era solo la última luz del día le llamó la atención sobre el asfalto (¿qué es eso?, pensó). Leyó la indicación en las paradas de los autobuses – «Faire signe au machiniste» – como si fuera el título de una canción popular... Bajo el cielo azul del anochecer, en el que ya destacaba una estrella en el oeste, vio los edificios de los barrios del centro urbano completamente negros y al mismo tiempo tan blancos como piel de animal, tan redondeados que parecían tiendas de campaña; el Grand Palais, con sus líneas generosas, era la tienda principal. Caminó más despacio. Las calles aún estaban bastante vacías, pero donde la gente se reunía lo hacía en grupos que hablaban muy bajo, más apiñados que de costumbre. De pronto pensó que se desataba una guerra y que aviones bombarderos volaban atronadores desde el horizonte. Le invadió el desasosiego de que todo estaba aclarado y nada podía pasarle.

A partir del Boulevard de Bonne Nouvelle, las calles volvían a estar animadas. Niños que aún no estaban en la cama iban a rastras, tosiendo por los humos de los coches; en el ruido general, los adultos tenían que agacharse hacia ellos si querían decirles algo. Una vez Keuschnig oyó en la masa de gente un rugido y todos los transeúntes parecieron perder el paso y salir corriendo. ¿De qué huían estas muchedumbres? ¿Era él el único que iba a la Place de l'Opéra? Muchas personas de edad tenían un aspecto descontento, a pesar de haberse hecho tan viejos. Al ver a una mujer en una ventana abierta tuvo la seguridad de que se iba a tirar de ella inmediatamente. A un hombre que bostezaba se le caía la saliva de la boca. Keuschnig quiso tomar un taxi; pero el taxista al que se dirigió colocó como única contestación y sin mirarlo una gorra de cuero negra sobre su cartel. Una mujer que venía de frente y cuyos tobillos hinchados le llamaron la atención le hizo un visaje. Alguien apoyado en un coche con el parabrisas astillado vomitaba. Unos hombres daban saltitos en la acera y se pellizcaban las mejillas sonrientes, pero apretando los dientes dispuestos a pegarse de un momento a otro. Pasó un hombre en una silla de ruedas, con una cubierta blanca, empujado por otro. Un humo turbio cubría el bulevar, el hollín había ennegrecido la parte inferior de las lámparas amarillas de las entradas del metro. Una mujer en plena carcajada estridente se puso seria y volvió bruscamente la cabeza como si fuera a morirse. Nadie dejaba paso a nadie; pronto uno de los que iban dando empujones sacaría una pistola y dispararía a las caras. Todos venían hacia él como si les hubiera filmado hacía tiempo; en realidad ya no existían – lo que él veía era la última película sobre ellos. Se movían y se desentendían de todo como si estuvieran hartos de sus funciones. ¡Sin embargo, qué *obedientes* parecían a pesar de ello! ¡Mientras tanto, la leche se agriaba en sus casas, el jugo de naranja se desintegraba y en el agua del retrete se formaba una película turbia! Balanceándose de vez en cuando para no perder el equilibrio recién recobrado, caminaba entre ellos. Empujaba tranquilamente a un lado al que le cerraba el paso – podía permitírselo después de todo lo que había sucedido. Encontró una carta pisoteada al borde de la acera y la leyó andando. «Un día, hace cuatro años, todo dejó de importarme de un instante a otro. Así empezó la época más espantosa de mi vida...» Se le ocurrió que nunca había tenido un verdadero enemigo, una persona a la que hubiera deseado destruir sin compasión. ¡Procuraré enemistarme con muchos!, pensó extrañamente feliz. Contemplando a sus pies el asfalto reblandecido por el calor del día, se sintió repentinamente como el héroe de una historia desconocida... Un poco desganado, casi malhumorado de tener que conocer ahora a una persona, Keuschnig se acercó al Café de la Paix, precisamente cuando se encendían las farolas de tres brazos de la Place de l'Opéra. En la terraza del café se disparó un flash. La mujer del tabaco estaba allí ofreciendo su bandeja a los clientes. A otro que se acercaba le saludaron desde lejos.

En una cálida noche de verano, un hombre cruzaba la Place de l'Opéra de París. Llevaba las manos en los bolsillos laterales de su traje, aún visiblemente nuevo, y se dirigió resuelto al Café de la Paix. El traje era azul claro; el hombre llevaba calcetines blancos y zapatos amarillos, una corbata con nudo flojo se balanceaba de un lado a otro al compás de su paso rápido...

El momento de la sensación verdadera de Peter Handke
se terminó de imprimir en diciembre de 2019
en los talleres de
Impresora Tauro, S.A. de C.V.
Av. Año de Juárez 343, col. Granjas San Antonio,
Ciudad de México